16	3	2	13
5	10	11	8
9	6	7	12
4	15	14	1

Rodolfo Walsh

A MÁQUINA DO BEM E DO MAL

e outros contos

Prefácio de Ricardo Piglia
Organização de Sérgio Molina
Tradução de Sérgio Molina e Rubia Prates Goldoni

editora 34

EDITORA 34

Editora 34 Ltda.
Rua Hungria, 592 Jardim Europa CEP 01455-000
São Paulo - SP Brasil Tel/Fax (11) 3811-6777 www.editora34.com.br

Esta obra foi editada no âmbito do Programa "Sur"
de Apoio à Tradução do Ministério das Relações Exteriores,
Comércio Internacional e Culto da República Argentina.

Capa, projeto gráfico e editoração eletrônica:
Bracher & Malta Produção Gráfica

Revisão:
Cecília Rosas, Beatriz de Freitas Moreira

1ª Edição - 2013

CIP - Brasil. Catalogação-na-Fonte
(Sindicato Nacional dos Editores de Livros, RJ, Brasil)

Walsh, Rodolfo, 1927-1977
W595m A máquina do bem e do mal e outros contos /
Rodolfo Walsh; prefácio de Ricardo Piglia; organização
de Sérgio Molina; tradução de Sérgio Molina e Rubia
Prates Goldoni. — São Paulo: Editora 34, 2013
(1ª Edição).
240 p.

ISBN 978-85-7326-545-3

1. Literatura argentina. I. Molina, Sérgio.
II. Goldoni, Rubia Prates. III. Título.

CDD - A863

A MÁQUINA DO BEM E DO MAL
e outros contos

Primeiros contos

Os casos do delegado Laurenzi

Contos finais

Apêndice

Prefácio

Ricardo Piglia

I

Este volume inclui os contos publicados por Rodolfo Walsh entre 1950 e 1967.[1] Permite, portanto, acompanhar a trajetória de um escritor cujas opções políticas (e nisso seu caso se parece com o de Borges) foram muitas vezes usadas como marco demagógico de leituras distorcidas ou triviais. Walsh era por demais consciente da singularidade da ficção para pretender definir sua eficácia de um modo direto e explícito. Mas ao mesmo tempo sua consciência das exigências sociais e da urgência da intervenção política fizeram com que logo pusesse em questão a autonomia do mundo literário e a figura do homem de letras. Nesse sentido, a tensão entre literatura e política esteve presente em sua obra de modo radicalmente distinto do resto de seus contemporâneos. Enquanto David Viñas, em *Cosas concretas* (1969), e Francisco Urondo, em *Los pasos previos* (1970), narravam a incerteza — ou o fascínio — de um escritor perante a política revolu-

[1] No Brasil, a totalidade da ficção breve de Rodolfo Walsh foi organizada em três volumes, todos eles publicados pela Editora 34: *Essa mulher e outros contos* (2010), *Variações em vermelho e outros casos de Daniel Hernández* (2011) e este *A máquina do bem e do mal e outros contos*. (N. do O.)

cionária, Walsh dirigia o jornal da CGTA onde publicava em capítulos semanais sua investigação sobre *¿Quién mató a Rosendo?* (1968).

Suas diferenças com o meio literário e a decisão de intervir como escritor em outros espaços estão claras em sua observação de 1970 sobre seu trabalho de não ficção. "Um jornalista me perguntou por que eu não tinha escrito um romance com aquilo, que daria um excelente romance. Aí estava evidentemente implícita a noção de que um romance sobre esse tema seria sempre melhor, ou de uma categoria superior, que uma denúncia sobre o mesmo tema (...). Porque evidentemente a denúncia traduzida para a arte do romance se torna inofensiva (...), quer dizer, sacraliza-se como arte." Por outro lado, o documento e o testemunho admitem "um alto grau de perfeição (...), essas formas abrem imensas possibilidades artísticas, na montagem, na estruturação, na seleção, no trabalho de investigação". De fato, *Operação Massacre* (1956) — para citar seu livro mais emblemático — se transformou, com o tempo, numa resposta à velha discussão sobre o compromisso do escritor e a eficácia da literatura. À boa consciência progressista dos romances "sociais", que refletem a realidade e ficcionalizam as efemérides políticas, Walsh contrapôs a verdade crua dos fatos, o documento, a denúncia direta, questionando, ao mesmo tempo, na circulação imediata de suas investigações, o formato livro e, portanto, o mercado literário.

O uso político da literatura deve prescindir da ficção. Esse parece ser o grande ensinamento de Walsh. Neste aspecto, não faz mais que retomar uma tradição que remonta ao *Facundo* de Sarmiento, quer dizer, às origens da prosa política argentina. Walsh é muito consciente da tensão entre ficção e política, central na história da nossa literatura. Sua obra é cindida por esse contraste, e o mais notável é que, diferentemente de tantos outros, ele sempre entendeu que devia trabalhar essa oposição e acirrá-la. Liberar sua ficção de contaminações circunstanciais e usar sua habilidade de narrador para escrever textos de investigação e denúncia política. Esta cisão define duas poéticas na prática de Walsh. Por um lado está o domínio da forma autobiográfica, do testemunho autêntico, do panfleto e da diatribe, na linha dos grandes prosadores do nacionalismo ou do Martínez Estrada de *¿Qué es esto?* ou *Las cuarenta*. O escritor é um historiador do presente, fala em nome da verdade, denuncia as manobras do poder. Sua "Carta aberta de um escritor à Junta Militar" é o exemplo mais alto de sua escritura política.

Por outro lado, para Walsh, a ficção é a arte da elipse, trabalha com a alusão e o não dito, sua construção é antagônica à estética urgente do compromisso e às simplificações do realismo social. Basta pensar em "Fotos" e "Cartas",[2] duas das melhores narrativas da literatura argentina, em que, a partir de um povoado da província de Buenos Aires, nos anos do peronismo e da Década Infame (1930-1943), Walsh constrói um pequeno universo joyciano, uma espécie de microscópico *Ulisses* rural, mesclando vozes e fragmentos que se entrecruzam e circulam numa narração coral extremamente complexa.

As tensões políticas e as diferenças sociais estão implícitas, e para repor o contexto é preciso seguir as pistas e os sinais enviesados do relato. Não é o narrador que estabelece — ou diz onde está — a relação entre os vários níveis do texto. Walsh utiliza aquilo que Joyce chamava *justaposição diferida*: "Uma palavra que nem sequer notamos, um fato insignificante que ocupa uma única linha, encontra reverberação dez páginas depois" dizia o autor do *Finnegans Wake*.

Onde Walsh mais se distancia do romance social é na ausência de um ponto fixo que controle e distribua o sentido.

---

[2] Incluídos em *Essa mulher e outros contos*. (N. do O.)

O contraste que Lukács (o grande teórico marxista do romance social) propôs como alternativa em seu livro *Kafka ou Thomas Mann?* poderia servir de base para analisar a ficção de Walsh. Nada de Thomas Mann em sua narrativa, quer dizer, nada das estruturas clássicas do romance realista (*à la* Balzac ou Tolstói) que — segundo Lukács — definiam a tradição social da literatura; a ficção de Walsh, ao contrário, está ligada às pequenas parábolas, alegorias e formas breves da prosa de Kafka, Borges ou Brecht.

A capacidade de contar elipticamente é definida por uma qualidade, digamos, antirromanesca: a brevidade, a rapidez, a temporalidade quebrada, quer dizer, a capacidade de construir a história a partir de situações mínimas, cenas fugazes, linhas de diálogo, cartas, elipses. Não há um desenvolvimento linear — no sentido narrativo tradicional —, o relato avança em rajadas, com grandes cortes e fracionamentos, em lampejos de ação, instantâneos.

Mauricio, o fotógrafo de "Fotos", leva ao limite a ilusão de captar o acontecimento enquanto ocorre, capturar no presente a fugacidade do real. No final, quando fotografa o próprio suicídio na lagoa do povoado, ele pode enfim fixar a aura da experiência ou, em todo caso, retratar a nostalgia do vivido no lugar mágico da infância — um "mundo aquático de garças e de lontras, de juncos e taboas" — onde parece ter ficado o sentido da vida. A foto reproduz essa espécie de suspensão da temporalidade, o instante puro da epifania. O que realmente aconteceu só pode ser captado fugazmente: a foto, e não o filme — o conto, e não o romance —, permite capturar os rastros esquivos do real.

Essa poética da imediatez põe Walsh na trilha da narrativa experimental. "A arte é um ordenamento que não está previamente contido em seus meios", diz em "Fotos". Não é o material que determina os procedimentos, os modos de narrar são atos que intervêm na história e a organizam: essa lucidez da forma define a presença renovadora de Walsh na narrativa argentina.

Na série dos irlandeses, a distância entre o argumento e o registro narrativo determina o efeito (ao mesmo tempo irônico e emocional) dos contos. Os acontecimentos cotidianos e corriqueiros de um internato (carregar uma lata de lixo, ser o recém-chegado no colégio, a esperança de que um adulto apareça para vingar a humilhação de um garoto) são narrados com um estilo literário e elegíaco — à maneira de Conrad ou de Faulkner —, como se fossem grandes epopeias. O tom épico dá a essas pequenas histórias um clima lendário e quase mítico: uma comunidade de meninos encontrou um narrador capaz de preservar — no estilo — a emoção e a intensidade da existência.

II

Walsh cultivava a álgebra da forma como um modo de assegurar a eficácia da ficção. Seus contos lembram uma das máximas de Horacio Quiroga: "Conta como se teu relato não interessasse a ninguém fora do pequeno círculo de teus personagens, e tu pudesses ser um deles". Não há perguntas estranhas ao mundo fechado do relato, as palavras dos personagens começam a interferir na narração. Um exemplo claro é "Nota de rodapé",[3] em que um narrador em terceira pessoa vai contando sua versão dos fatos enquanto, abaixo, as palavras do protagonista — sua carta de despedida — vão subindo linha a linha — como uma infiltração de água — até invadir toda a página e suplantar o narrador. (Lembro o trabalho minucioso de Walsh enquanto escrevia esse conto: contava as sílabas e as palavras de cada linha para que a nota de

[3] Incluído em *Essa mulher e outros contos*. (N. do O.)

rodapé — medida como um poema — acabasse ocupando a página inteira.) O significado de um relato depende também de sua configuração formal: basta ver o modo como Walsh — em todos os seus contos — trabalha a disposição espacial do texto, interrompe os parágrafos, usa os diálogos como fechamento ou abertura, recorre a mudanças de letras e composições tipográficas para reforçar a eficácia da história.

O sentido da ficção não é somente linguístico, depende de referências externas da narrativa e da situação extraverbal. O tradutor de "Nota de rodapé", no subsolo da literatura, logo percebe que a ficção não é escrita apenas com palavras: "Engraçado, não? Saber como se diz uma coisa em duas línguas, e até de diferentes formas em cada uma delas, mas não saber o que é essa coisa". Mostrar essa verdade referencial, mas nunca dizê-la, é uma técnica-chave na narrativa de Walsh: basta pensar em "Essa mulher", seu conto mais conhecido. Qualquer um pode ler o relato como a disputa entre dois homens pelo cadáver perdido de uma mulher, mas, enquanto não se sabe que essa mulher — que nunca é nomeada — é Eva Perón, o relato não funciona politicamente.

O efeito da ficção depende de uma leitura capaz de repor o contexto e decifrar os subentendidos da história. A definição mais explícita desse modo de ler aparece numa entrevista de 1970 em que Walsh interpreta em chave política seu último conto, "Um sombrio dia de justiça" (1967).[4] O relato se deixa ler como a história de uns garotos irlandeses num internato católico da província de Buenos Aires, mas Walsh insinua que também pode ser interpretado de outro modo, recolocando a situação histórica com sua referência imediata aos heróis salvadores que vêm de fora do povo (como Guevara ou Perón) para resolver os conflitos. O conto alude mui-

---

[4] Ambos, conto e entrevista, integram o volume *Essa mulher e outros contos*. (N. do O.)

to tangencialmente ao contexto que permitiria inferir a leitura — mais ou menos alegórica — proposta por Walsh. Não há nenhum indício no texto (a não ser a palavra "povo" para referir-se à população do colégio) que defina esse sentido.

Outro exemplo ainda mais claro e programático é o modo como, em 1967, Walsh escolhe um conto para uma antologia que reúne uma seleção feita por diversos escritores da melhor narrativa breve que cada um deles já leu. Borges, Mujica Láinez, Sabato elegem textos muito previsíveis, enquanto a escolha de Walsh define com clareza sua poética narrativa: propõe um brevíssimo conto chinês anônimo, que intitula "A cólera de um plebeu" (ver Apêndice). Por um lado, chama a atenção para o fato de que a literatura não passa apenas pelos grandes nomes, de que também no oceano dos relatos há exemplos de extraordinária eficácia narrativa. Por outro lado, Walsh politiza a leitura do apólogo chinês com uma referência à luta dos vietnamitas contra o imperialismo norte-americano. O conto narra uma pequena situação de resistência à autoridade e de coragem individual, e nele não há nada que permita deduzir esse contexto histórico. Somente a interpretação de Walsh, que lê essa história microscópica como um exemplo imaginário — um *exemplum fictum* — de uma realidade ausente.

Há algo da construção da *ostranenie* — o estranhamento dos formalistas russos — nesse deslocamento do contexto que altera o sentido. Trata-se de certa configuração interpretativa que está e não está no texto e depende do leitor para se realizar. O acontecimento é o mesmo, mas muda o marco de referência, e portanto seu significado. A operação política consiste em introduzir uma nova perspectiva — um enquadramento — que permite ver o real de modo diferente.

Por isso, desde o início, Walsh se interessou pelo gênero policial, o modelo mesmo dessa leitura pragmática e extrema que procura repor o contexto real para decifrar o enigma. O modelo do detetive como leitor especializado e comprometido se encarna no personagem de Daniel Hernández, o investigador ou o narrador da maioria das ficções policiais de Walsh. Hernández ganha a vida como revisor de livros e é um leitor paciente acostumado a ler letra por letra. "Acho que nunca se tentou o elogio do revisor de provas, e talvez seja desnecessário", escreve Walsh em "Variações em vermelho".[5] "Mas sem dúvida todas as faculdades de que D. H. se valeu na investigação de casos criminais eram faculdades desenvolvidas ao máximo no exercício diário de sua profissão: a observação, a minuciosidade, a fantasia (tão necessária, *v.g.*, para interpretar certas traduções ou obras originais), e sobretudo essa estranha capacidade de colocar-se simultaneamente em diversos planos que o revisor tarimbado exerce quando vai atentando, em sua leitura, para a limpeza tipográfica, o sentido, a boa sintaxe e a fidelidade da versão."

Assim como o tradutor de "Nota de rodapé", o fotógrafo de "Fotos" e o anônimo jornalista *freelance* de "Essa mulher", Daniel Hernández é uma dessas figuras marginais que em Walsh encarnam a aspiração pela verdade e a luta pelo sentido. Esses sujeitos "pobres" e obscuros que cultivam saberes menores são os heróis de sua ficção.

As duas poéticas de Walsh estão unidas num ponto que funciona como eixo de toda sua obra: a investigação como um dos modos básicos para dar forma ao material narrativo. A decifração, a busca da verdade, o trabalho com o segredo, o rigor da reconstrução: os textos são armados sobre um enigma, um elemento desconhecido que é a chave da história narrada. A maioria dos contos e novelas de Walsh não são estruturalmente muito diferentes de *El caso Satanowsky* ou

---

[5] Incluído em *Variações em vermelho e outros casos de Daniel Hernández*. (N. do O.)

¿Quién mató a Rosendo?. A narração gira em torno de um vazio, de algo enigmático que é preciso decifrar, e o texto justapõe pistas, dados, sinais, até montar um grande caleidoscópio que permite captar fragmentos da realidade.

Ao mesmo tempo, a marca de Walsh é a politização da investigação: o mistério está na sociedade e não passa de uma mentira deliberada que é preciso desmontar com evidências. (Nesse sentido, os livros de não ficção de Walsh diferem da versão mais neutra do gênero, tal como é praticada nos Estados Unidos a partir de Truman Capote ou Tom Wolfe e o "novo jornalismo".) O movimento da narrativa em direção ao deciframento — em "Cartas", em "Nota de rodapé" ou em "Os dois montes de terra" — é perturbado pela luta social, pela circulação do dinheiro e pelas relações de poder. Uma noção de realidade que foge da evidência imediata e que Walsh, em sua ficção, transforma no nó da trama.

Como ele diz na primeira linha de seu primeiro livro: "Sei que é um erro — talvez uma injustiça — arrancar Daniel Hernández do sólido mundo da realidade para reduzi-lo a personagem de ficção". A tensão entre os dois planos já está na origem; mas no que consiste, afinal, essa *redução* (e essa injustiça)? Ou, em todo caso, como funciona o deslocamento do real para a ficção? "Essa mulher", para voltar ao conto, pode ser um bom exemplo desse procedimento de passagem na ficção de Walsh.

O relato pode ser lido como o germe de uma investigação iniciada por Walsh em 1961. Quero dizer, podemos imaginar que depois do caso Satanowsky, Walsh encontrou outro grande tema (um tema com o qual poderia ganhar o Pulitzer): o destino de Eva Perón depois de sua morte. A história se "reduz" à conversa — à disputa, à negociação — entre um oficial reformado dos serviços de inteligência do Estado (um mundo que Walsh documentou e conheceu no caso Satanowsky) e um obscuro jornalista que procura desvendar a verdade. Nessa condensação opera a arte da ficção. Walsh pratica a técnica do iceberg *à la* Hemingway: o mais importante de uma história é aquilo que não se narra. Sua eficácia estilística avança nessa direção, dizer o máximo com a menor quantidade de palavras. O relato alude — e sugere, mas não narra — a todos os dados e fatos políticos que cercam a investigação. E essa suspensão do contexto transforma a história num texto de ficção.

O segundo movimento de ficcionalização consiste em imaginar um leitor capaz de restituir a realidade cifrada. Nessa linha, Walsh define seu leitor como aquele que disputa com o narrador o sentido do narrado. "Tampouco abdiquei de outra convenção que se enraíza na própria essência da literatura policial: o desafio ao leitor." O efeito da ficção — sabemos disso desde o momento em que Poe definiu a forma moderna do conto — depende da recepção; em todo caso, depende de um tipo de leitura — atenta, apaixonada — empenhada em decifrar os sinais tênues que preparam a irrupção — às vezes inesperada — do sentido.

Em suma, o conjunto de práticas e estratégias de escritura de Walsh tem um denominador comum: ele sempre manteve bem clara a distância entre ficção e não ficção. (Ao contrário das sucessivas modas literárias que acabam borrando essa diferença para considerar — com um olhar ao mesmo tempo despolitizado e cínico — que, no fundo, tudo é ficção.)

"O homem rigoroso tem a cada ano mais dificuldade em dizer qualquer coisa sem abrigar a suspeita de que mente ou se engana", escreveu Walsh em "Claro-escuro do sobe-desce". Consciente dessa dificuldade, ele produziu um estilo único, que permeia todos os seus textos, e por causa desse estilo é que o recordamos. Walsh foi capaz de "dizer instantaneamente o que queria, na sua melhor forma", para expressá-lo com as palavras que ele mesmo usou para definir a perfeição de um estilo.

"Ser absolutamente diáfano" é a divisa que Walsh anota em seu diário como horizonte de sua escritura. Não porque as coisas sejam simples; antes, ao contrário, trata-se de fazer frente a uma deliberada obscuridade, a um jargão hegemônico, a uma dificuldade de compreensão que poderíamos chamar política: a retórica dominante, feita de fórmulas vazias e sintaxe inepta, atenta ao mesmo tempo contra o idioma e contra a realidade.

Quando a língua se torna opaca e homogênea, o trabalho detalhado, mínimo, microscópico da literatura é uma resposta-chave: a prática de Walsh foi sempre uma luta contra os estereótipos e as formas cristalizadas da linguagem social (aí incluída, claro, a retórica da esquerda). Nesse marco definiu seu estilo, um estilo ágil e conciso, muito eficaz, sempre direto: Walsh era capaz de escrever em todos os registros da língua, e sua prosa é um dos grandes momentos da literatura argentina contemporânea.

Sua ética da linguagem e sua consciência do estilo o aproximam das posições enunciadas por Bertolt Brecht em "Cinco dificuldades para escrever a verdade". É preciso ter, dizia Brecht, coragem para escrevê-la, perspicácia para descobri-la, arte para torná-la manejável, inteligência para escolher os destinatários e astúcia para divulgá-la.

Os contos deste livro sintetizam a arte de narrar de Rodolfo Walsh: em sua lacônica e luminosa imediatez, estas ficções são também um modo de aludir às dificuldades de escrever a verdade.

(Março de 2013)

Rodolfo Walsh por Rodolfo Walsh

Me chamam Rodolfo Walsh. Quando era pequeno, esse nome nunca me convenceu por completo: achava que não me serviria, por exemplo, para ser presidente da República. Muito depois, descobri que podia ser pronunciado como dois iambos aliterados, e gostei disso.

Nasci em Choele-Choel, que quer dizer "coração de pau". Coisa que várias mulheres me recriminaram.

Minha vocação aflorou muito cedo: aos oito anos queria ser aviador. Por uma dessas confusões, quem a realizou foi meu irmão. Parece que a partir daí fiquei sem vocação e tive muitos ofícios. O mais espetacular deles: limpador de janelas; o mais humilhante: lavador de pratos; o mais burguês: comerciante de antiguidades; o mais secreto: criptógrafo em Cuba.

Meu pai era encarregado de fazenda, um aculturado que os peões mestiços de Río Negro chamavam de Huelche. Estudou só até o terceiro ano primário, mas sabia bolear avestruzes e na quadra de bocha era o máximo. Tinha uma coragem física que, até hoje, me parece quase mitológica. Falava com os cavalos. Um deles o matou, em 1947, e outro foi a única herança que nos deixou. Chamava-se "Mar Negro" e cravava dezesseis segundos nos trezentos metros: muito cavalo para esse campo. Mas essa já era a zona da desgraça, a província de Buenos Aires.

Tenho uma irmã freira e duas filhas laicas.

Minha mãe viveu em meio a coisas que não amava: o campo, a pobreza. Em sua implacável resistência, mostrou-se mais valorosa, e duradoura, que meu pai. Seu maior desgosto é eu não ter terminado a licenciatura em Letras.

Minhas primeiras tentativas literárias foram satíricas, quadras alusivas a professores e bedéis do sexto ano. Quando, aos dezessete, larguei o colégio e entrei num escritório, a inspiração continuava viva, mas tinha aperfeiçoado o método: agora montava sigilosos acrósticos.

A ideia mais perturbadora da minha adolescência foi essa tirada idiota do Rilke: se você acha que consegue viver sem escrever, não escreva. O namoro com uma moça que escrevia incomparavelmente melhor do que eu me reduziu ao silêncio por cinco anos. Meu primeiro livro foi um policial com três novelas que hoje abomino. Escrevi aquilo em um mês, pensando não na literatura, mas no entretenimento e no dinheiro. Depois me calei por mais quatro anos, porque não me considerava à altura de ninguém. *Operação Massacre* mudou a minha vida.

Ao escrever esse livro, percebi que, para além das minhas perplexidades íntimas, havia lá fora um mundo ameaçador. Estive em Cuba, assisti ao nascimento de uma nova ordem, contraditória, às vezes épica, às vezes maçante. Voltei, completei um novo silêncio de seis anos. Em 1964, resolvi que, de todos os meus ofícios terrestres, o violento ofício de escritor era o que mais me convinha. Mas não vejo nisso uma determinação mística. Na realidade, meu tempo me carregou de um lado para o outro; poderia ter sido qualquer coisa, até agora há momentos em que me sinto disponível para qualquer aventura, para começar de novo, como tantas vezes.

Na hipótese de continuar escrevendo, o que eu mais necessito é uma generosa cota de tempo. Sou lento, levei quinze anos para passar do mero nacionalismo para a esquerda;

lustros para aprender a montar um conto, a sentir a respiração de um texto; sei que me falta muito para poder dizer instantaneamente o que quero, na sua melhor forma; acho que a literatura é, entre outras coisas, um avanço laborioso através da própria estupidez.

(1966)

PRIMEIROS CONTOS

As três noites de Isaías Bloom

I

Na noite de terça-feira, a primeira das três em que sua vida correu perigo, quando ocorreram os famosos fatos que ele, Elena Conde e Gabriel Chávez recordariam pelo resto da vida, Isaías Bloom se deitou cedo, às nove.

Octavio, seu companheiro de quarto, ainda não tinha voltado e certamente, como de costume, só chegaria de madrugada. Antes de se despir, Isaías deu corda no despertador de mostrador luminoso e o deixou no lugar de sempre, sobre a escrivaninha no fundo do quarto. Preferia que ficasse lá e não em cima do criado-mudo, porque era o único jeito de preservá-lo dos irritados tapas que Octavio lhe dava quando começava a tocar de manhã; tapas que, incidentalmente, ameaçavam o porta-retratos prateado com a foto de Elena Conde. (Isaías contemplou-o com enlevo.)

Baixou a persiana, fechou bem a porta para que não batesse, desligou o abajur e, cinco minutos depois, dormia profundamente.

... Flutuava numa noite enorme e pegajosa. Árvores ressequidas crispavam seus galhos em temerosas garras. No alto de um deles tremulava uma ardente mariposa de luz. Estendeu a mão na direção dela e seu braço foi-se agigantando até triplicar a altura de seu corpo. Quando ia alcançá-la, ela agitou as asas e foi pousar na copa de outra árvore. Deliran-

te de desejo, perseguiu-a até lá, e depois até outras árvores, cada vez mais altas e inacessíveis. Os galhos da última confinavam com um céu estranho, esbranquiçado, e quando a fugitiva se inscreveu lá, pálida estrela agora, sentiu que todo ele se diluía pelo sôfrego caminho do seu braço, já fio finíssimo de luz também, procurando por ela, indo até ela e afastando-se dela...

Acordou exausto. Abriu os olhos e continuou sonhando. A mariposa de luz estava em seu travesseiro. Estendeu a mão novamente. Então notou que tinha os olhos entreabertos, que ouvia o tique-taque do relógio, que experimentava uma desagradável sensação de torção no braço direito, que estava acordado. Esse brusco mergulho na realidade encheu-o de um medo silencioso e frio, como o roçar de uma serpente.

Ouviu um clique metálico e o oval luminoso sumiu de seu travesseiro. Cravou os olhos no mostrador do relógio. Três e cinco. Ainda estava olhando para ele quando o viu eclipsar-se. Pouco depois, tornou a aparecer. Os ponteiros continuavam marcando três e cinco.

Tentou ligar o abajur. Sentia o braço muito pesado. Sem querer, derrubou um cinzeiro. Por fim, fez-se a luz. Não havia ninguém no quarto. Estava tudo em ordem, tal como ele o deixara. A cama de Octavio continuava vazia. Na rua, o guarda-noturno martelava o calçamento com passos ritmados, que se foram perdendo na distância.

(Se Isaías não estivesse com tanto sono; se tivesse percebido que sinais como esses são por demais alarmantes no início de um conto policial — admitimos que isso ele não podia saber —; se, por último, e para não cansar o leitor com mais meia página de razões, tivesse pensado quão estranha era a coincidência do conteúdo de seu sonho com uma situação real, provavelmente não teria voltado a dormir, ou pelo menos teria fechado a porta à chave. Mas o fato é que ele dormiu, e não trancou a porta.)

Às sete, o despertador tocou. Acabava de se vestir quando Graziella, a empregada, entrou com a bandeja do café. Era uma velha reumática e seca, com cara de ave desnutrida. Querendo ser simpático com ela, Isaías formulou graves reflexões sobre o dia, que, a julgar pelas fatias de claridade que entravam pela janela, prometia ser luminoso e grato. Graziella logrou a proeza de encadear dez monossílabos numa frase coerente. Isaías resolveu mudar de assunto.

— A propósito — disse —, obrigado por colocar óleo nas dobradiças da porta. O rangido era irritante demais.

A velha teve uma reação imprevisível. Seu rosto ficou ferruginoso, depois pálido. Seu nariz de falcão parecia afilar-se ainda mais.

— Era só o que faltava — resmungou —, caçoar de mim. Já cansei de dizer que, quando tiver tempo, vou pôr óleo nessa bendita porta. Não dou conta de fazer tudo, e com meus ossos do jeito que estão...

— Mas, Graziella, a porta *já está* boa. Foi a primeira coisa que percebi ontem à noite, quando cheguei.

— Pois então, do que está reclamando? — respondeu a velha, com doses iguais de azedume e falta de lógica. — Vai ver, foi o diabo que pôs óleo.

Na hora do almoço, no refeitório da pensão, Octavio foi o primeiro a lhe dar os parabéns. A notícia de seu iminente casamento com Elena Conde já se espalhara. O anúncio, na verdade, não era inesperado. Todo mundo sabia que ele só estava esperando tirar seu diploma de médico para se casar. Outros pensionistas, quase todos estudantes, também lhe apertaram a mão. Alguém propôs um brinde. O único ausente nesta memorável ocasião foi Gabriel Chávez. Isaías pensou que, numa situação parecida, ele também trataria de se ausentar.

II

Na noite de quarta-feira, os acontecimentos começaram a ganhar — como se costuma dizer — um ar misterioso e assustador. Isaías se deitou um pouco mais tarde que de costume. Esteve ocupado até as onze num pequeno trabalho de análise. (Aqui é preciso dizer que ele tinha um minilaboratório, o qual, além de proporcionar-lhe um hobby razoável, tivera certa utilidade no seu tempo de estudante.) Finalmente, arrumou seus instrumentos de trabalho, deu corda no despertador e resolveu apagar a luz. Nesse momento esteve a ponto de quebrar a taça.

Era uma taça de cristal verde, que ele sempre deixava sobre o criado-mudo e que toda noite Graziella enchia de água. Um presente absurdo de uma tia do interior. Uma inscrição em letras douradas atravessava diagonalmente a face externa da taça. Duas palavras: "Boa sorte". Suspendeu-a lentamente para deixá-la cair. No último instante se arrependeu. Talvez porque não quisesse molhar o chão. Ou porque fazê-lo implicaria uma flagrante ingratidão para com a tia Isabel.

Esse ato de contrição (como o nariz de Cleópatra) alterou a história.

... Indo por uma rua escura viu cair uma taça, que, ao se chocar contra o pavimento, desapareceu misteriosamente, desfeita em infinitos fragmentos sonoros. No chão ficou desenhada uma estrela de água verde.

Comprou um jornal e na primeira página, em letras garrafais, leu a manchete: EXTRAVIOU-SE UMA TAÇA QUE CORRESPONDE À NOTA SOL. PEDE-SE A QUEM A ENCONTRAR AVISAR A POLÍCIA.

Chegando em casa, ligou o rádio. O locutor dizia: "Procura-se desesperadamente por todo o país uma taça que corresponde à nota sol. Boa noite e Boa Sorte".

O dia entrava aos borbotões pela persiana. Minúsculas partículas de pó, brilhantes como estrelas, erravam pelos jorros de luz, extinguindo-se bruscamente ao chocar-se contra o muro de sombra que as rodeava.

Tinha dormido bem. Nada de alucinações desta vez. Estava em paz. Maquinalmente, estendeu a mão para o criado-mudo.

Percorreu a superfície do criado-mudo em toda sua extensão: uma revista, um lápis, o cinzeiro, o abajur, uma lâmina de barbear, Elena. Mais nada. Ergueu-se de lado na cama. A taça desaparecera.

Curvou-se sobre o tapetinho verde que separava sua cama da de Octavio. Em todos os quartos havia um igual. Era um tapete grosso, de trama cerrada. Não viu nele nem rastro da taça. Pensou que talvez se tivesse quebrado e, por ser verde, não fosse possível distinguir seus cacos das fibras do tapete. Descartou imediatamente a hipótese. ("Uma taça não é uma lágrima-batávica.") Curvou-se mais um pouco e passou a mão pelo tapete, esperando encontrá-lo molhado. Estava totalmente seco.

Octavio não voltara. Graziella não sabia de nada. Isaías, por fim, não deu maior importância ao assunto. Ele mesmo estivera a um triz de quebrar a taça, na noite anterior. Seu desejo se cumprira, não importava como. Ao descer a escada, no entanto, vagas reminiscências de seus estudos do científico revoaram brevemente em seu cérebro e se ordenaram uma após outra:

a) Uma taça não pode desaparecer sem intervenção externa (premissa maior).

b) Contudo, uma taça desapareceu (premissa menor).

c) Logo, houve intervenção externa (conclusão).

III

A terceira das três noites prometidas no título, a fatídica noite de quinta-feira, começou de modo pouco auspicioso. Isaías foi a uma despedida de solteiro, de onde saiu, pela primeira vez na vida, completamente bêbado. Ao chegar em casa, eram três da manhã. Nunca se deitara tão tarde. Subiu trabalhosamente a escada da pensão. Tentou abrir a porta sem fazer barulho. A precaução, porém, era inútil, pois parecia que todos os pensionistas estavam acordados. Pelas frestas das portas, dos dois lados do corredor, filtravam-se feixes de luz. Deviam estar estudando para as provas.

Assim que entrou no quarto e acendeu a luz, notou algo de anormal na disposição dos objetos. Alguma coisa estava fora de lugar. Como se o cômodo estivesse às avessas, ou ele tivesse entrado no quarto errado. Quando reconheceu alguns objetos familiares, acalmou-se e entendeu qual era o problema. Octavio estava deitado na cama de Isaías, vestido, com a cabeça tapada pelo cobertor, grotescamente escarranchado. Isaías sentiu-se tentado a rir. Decerto, Octavio chegara bêbado e se deitara na primeira cama que encontrou.

Isaías aproximou-se da cama e pegou Octavio pelos ombros. Sacudiu-o. Pareceu-lhe estranhamente pesado, rígido.

Foi então que viu o punhal. Estava enterrado até o cabo, num flanco, abaixo da omoplata. A ferida ainda sangrava. Octavio estava morto.

A noite transcorria lentamente e Isaías estava sentado perto do cadáver do amigo, com a cabeça entre as mãos, já não sabia há quanto tempo. Primeiro pensou: "Ficar parado; qualquer movimento subsequente a uma tragédia, grande ou pequena, tem algo de ridículo"; e depois pensou: "Coitado do Octavio. Agora é que ele não vai se formar nunca mais". E então suas ideias e sentimentos se amontoaram num confuso turbilhão, num vaivém incessante de imagens incoerentes, absurdas, grotescas, até sentir que sua cabeça ia estourar. Muito tempo depois uma ideia destacou-se das demais, tenuemente de início, como uma faísca que se acende, e foi crescendo até se transformar num vermelho sinal de perigo. Ele corria perigo. Tinha de gravar isso muito bem em sua mente.

Gradualmente o sinal transmitido por seu cérebro foi-se transformando em formas mais definidas, em palavras ainda desconexas. De início pareciam dotadas de vida própria, escapavam-lhe, tentavam deslizar sobre ele. Assassinado. Corta-papel. Cama. Octavio. Tentou estabelecer uma relação coerente entre elas. Era difícil. Como enfiar contas de vidro numa linha, com a mão trêmula. "Octavio assassinado na minha cama com meu corta-papel." Sim; era isso. Alguém assassinara Octavio. "Não fui eu", disse a meia-voz, como se respondesse a uma acusação. E então se deu conta do risco que o ameaçava. "Vão me acusar pelo assassinato de Octavio."

Pensou: "Preciso pensar". Pensar. Era difícil. De novo seu cérebro povoou-se de estranhas fantasmagorias.

Tudo parecia um sonho. *Um sonho?* Ultimamente andava tendo estranhos sonhos. Fez um esforço para recordar. Recordar era como tirar corpos pesados da água turva. Recordar era, por exemplo, um rosto antigo que emergia do fundo da água, devagar. Isso era recordar. Era isso que ele tinha de fazer.

"... Flutuava numa noite enorme e pegajosa..." E depois vinha um sonho, um sonho de verdade, e um despertar alucinado, e um clique metálico, e a mariposa de luz desaparecia. Era essa a sequência exata. Mas, o que queria dizer? Clique metálico. Mariposa de luz.

Lanterna.

Isso; uma lanterna.

Alguém tinha estado em seu quarto, duas noites antes, com uma lanterna.

Para quê? Ergueu a vista e a cravou fugazmente no corta-papel que sobressaía das costas de Octavio.

Para isso.

Quem?

Alguém que tinha uma lanterna.

Qualquer um.

Não adiantava muito.

Então recordou, pela primeira vez, o sonho da taça. Parecia coisa de mágica. Como essas caixas que quando abertas soltam uma mola e emerge uma cara de palhaço. Foi assim que o segundo sonho veio ao campo de sua consciência.

"Indo por uma rua escura vi cair uma taça que, ao se chocar contra o pavimento, desapareceu misteriosamente..." E quando acordou a taça tinha desaparecido de verdade.

Balançou a cabeça, desalentado. Era muito difícil. Outra lembrança aflorou lentamente:

"*Logo, houve uma intervenção externa (conclusão).*"

Alguém levara a taça. Desta vez nem sequer se perguntou para quê. Era inútil. Se estivesse mais sóbrio, talvez entendesse. Mas com a cabeça rodando... Abriu a janela. O ar fresco o reanimou um pouco.

Tinha de insistir. Era evidente que certos fatos ocorridos nas duas noites anteriores estavam logicamente relacionados à morte de Octavio. Mas o desaparecimento da taça continuava no mais absoluto mistério, e, quanto ao sonho em que uma taça desaparecia, também podia considerá-lo quase sobrenatural. Na realidade, nenhum dos dois sonhos podia ser interpretado.

Interpretar.

Era isso. Os sonhos eram a chave. Precisava interpretá-los. Revirou apressadamente uma pilha de livros e pegou uma surrada apostila de psicologia. Percorreu febrilmente as páginas até encontrar o que procurava.

"*Os estímulos sensoriais que chegam a nós durante o repouso podem muito bem transformar-se em fonte de sonho. Há uma longa série deles, desde os inevitáveis, que o próprio estado de repouso traz consigo, até o eventual estímulo despertador, capaz de pôr fim ao repouso ou a isso destinado. Uma luz intensa pode chegar até nossos olhos, um ruído a nossos ouvidos, ou um odor a nosso olfato...*"

Uma luz intensa pode chegar aos nossos olhos, pensou, e sonharemos com uma mariposa incandescente. Um ruído pode chegar aos nossos ouvidos, e sonharemos com uma taça que cai e desaparece, *sobretudo se o ruído for, justamente, o de uma taça que cai.*

"*A atenta observação dos pesquisadores recolheu toda uma série de sonhos em que o estímulo comprovado ao acordar coincidia com um fragmento do conteúdo onírico, a ponto de tornar reconhecível em tal estímulo a fonte do sonho...*"

Fechou o livro. Precisava recapitular os fatos. Sentia-se mais lúcido agora, embora a dor de cabeça persistisse. Procurou lápis e papel. Era um recurso que utilizava muitas vezes, sempre que queria pôr as ideias em ordem. Escreveu:

1ª APROXIMAÇÃO

Noite de terça-feira: X entra para matar O. Tem uma lanterna na mão. O. não está. Para se certificar de que estou dormindo, X ilumina meu rosto com a lanterna. Primeiro sonho. Quando acordo, a luz está no travesseiro. X desliga a lanterna (ruído metálico). Empreende a retirada (eclipse do relógio). Quando acendo o abajur, X desapareceu.

Noite de quarta-feira: X volta. O. não está. X decide roubar a taça. Sem querer, a derruba. Ela se quebra. Segundo sonho.

Largou o lápis. Não fazia sentido. Se o objetivo de X era matar Octavio, para que levaria a taça? Além disso, o que havia acontecido com ela? Se sua teoria dos sonhos estivesse certa — como parecia no caso do primeiro —, e a taça se tivesse quebrado, onde estavam os cacos? Podia tê-los levado, mas sempre restaria algum preso entre as fibras do tapete. Ele o examinara com cuidado e não encontrara nada. Além disso, era inevitável que a água da taça molhasse o tapete, e ele tinha certeza de que, ao acordar, o encontrara completamente seco. E se sua hipótese fosse descabelada, e o intruso tivesse levado a taça intacta, para que teria feito isso? Era um objeto sem o menor valor, tanto artístico quanto comercial, que ele mesmo estivera a ponto de quebrar na noite anterior.

Era um beco sem saída. Tinha de seguir outro caminho, outra linha de raciocínio. Perguntou-se quem teria motivos para assassinar Octavio. A resposta foi imediata. Ninguém. Esse simples pensamento já era absurdo. Octavio era a pessoa mais pacífica do mundo. Não tinha inimigos. Parecia um tremendo engano.

Engano.

Pensou: "Um engano leva a outro". Piscou várias vezes seguidas. "O. se enganou; consequentemente, X se enganou."

"Devagar, nada de pressa."

E no entanto, parecia inevitável.

Octavio chegara ébrio, deitara-se na cama de Isaías, cobrira a cabeça com o cobertor, provavelmente com um movimento instintivo para se proteger do frio. Depois X chegou e o matou.

Mas ele também se enganou. Pensou matar o dono da cama, quer dizer, quem sempre a ocupava, não Octavio. *E pensava ter assassinado ele mesmo, Isaías.*

2ª APROXIMAÇÃO

Noite de terça-feira: X entra para me matar, não para matar O. Em tudo o mais, a 1ª aproximação é válida.

Noite de quarta-feira: X volta. Segundo sonho. Indica que a taça caiu e se quebrou. X resolve levá-la. ...? *Porque há algo na taça, ou em seus cacos, que poderia colocar-me de sobreaviso*. Como fazer isso sem deixar rastros? *Só há uma maneira possível*.

Noite de quinta-feira: X vem pela terceira vez.

Isaías largou o lápis. Já tinha todos os termos da equação. Tinha até um retrato parcial de X, um contorno que só faltava preencher. X era alguém da casa; alguém que contara com a costumeira ausência noturna de Octavio para assassinar Isaías; alguém que tinha uma lanterna e uma lata de óleo; alguém que conhecia sua mania de analisar qualquer substância suspeita que aparecesse em seu caminho; acima de tudo, *X era alguém que tinha certeza de que Isaías estava morto*. Essa seria a prova de fogo.

Isaías olhou o despertador. Eram cinco horas. Precisava ser rápido.

Apagou a luz de seu quarto e saiu para o corredor. A fileira de portas fechadas pelas quais ainda se filtravam linhas luminosas se estendia à sua frente. Hesitou por um instante. Depois resolveu proceder por eliminação.

Abriu a primeira porta com violência e ficou tenso, escrutando os dois rostos que se ergueram em sua direção. Sande e Albrieu pareceram um pouco surpresos, talvez, mas era o interesse natural que produz a chegada de um visitante inesperado. Não era isso que ele procurava. Não perdeu tempo em aceitar a cadeira que lhe ofereciam, nem em responder à muda interrogação que se lia em seus olhos. Sem dizer uma palavra, deu meia-volta e saiu.

Dez segundos depois, deixava o quarto seguinte da mesma maneira.

Diante da terceira porta Isaías hesitou. Por fim a abriu, muito devagar. Gabriel Chávez ocupava um quarto grande. Estava rodeado de livros, suarento, e parecia cansado. Não o ouviu entrar: Isaías se aproximou da escrivaninha e ficou diante dela, imóvel. Então Gabriel Chávez ergueu a cabeça.

Seus olhos se dilataram. Um esgar de incompreensão começou a trabalhar lentamente seu rosto, imobilizando-o aos poucos, primeiro a mandíbula, depois os olhos e a testa, como uma máscara de gesso a endurecer. *Como se estivesse vendo um morto.* Parecia que ia gritar, mas não gritou. Esboçou um gesto fútil e deu uma breve gargalhada. Depois ficou imóvel.

Isaías sentou-se à sua frente, silenciosamente. Tirou o maço de cigarros e lhe ofereceu um. Gabriel o pegou com dedos trêmulos.

— ... Entendo por que você fez isso — disse Isaías em voz baixa. — Mas foi muito inepto.

Passaram-se vários minutos antes que Gabriel respondesse.

— Desculpe — disse por fim —, mas antes de mais nada gostaria de saber se tenho o prazer de conversar com um visitante de além-túmulo.

— Fantasmas não fumam — disse Isaías sugando vigorosamente seu cigarro. — Pelo menos os fantasmas bem-educados.

Gabriel Chávez franziu o cenho. Uma expressão desafiadora despontou em seus olhos.

— Seja como for — murmurou —, você não pode provar nada contra mim. Muito menos isso, já que você está vivo. Lamento, realmente. Mas confesso que não esperava que você fosse tão esperto. Imagino que me fez assassinar um travesseiro.

— Não era um travesseiro. Era o Octavio.

— Oh! — uma expressão de sincero pesar entristeceu o

rosto de Gabriel. — Sinto muito, mesmo — guardou silêncio, como se refletisse. — Ainda assim — concluiu —, duvido que consigam provar algo.

— E essa lata de óleo? — Isaías apontou-a com a mão; estava sobre uma estante.

— Ninguém pode me condenar por ter uma lata de óleo. Eu a uso na minha máquina de escrever — indicou com gesto indiferente uma máquina portátil que repousava sobre a escrivaninha.

— Todo mundo vai saber que você está perdido.

— Nada disso. É você quem está perdido. Tomei cuidado com seu corta-papel. Como você o andou usando por esses dias, vai ter suas digitais.

— Ela vai saber que foi você.

— Ela vai achar a mesma coisa que todo mundo. Ao ver você atrás das grades, vai se afastar horrorizada. Octavio era um bom sujeito, mas, se a morte dele servir para condenar você, fico contente de que esteja morto.

Isaías se levantou e foi até o criado-mudo. Tinha uma única chance, e era tão ínfima que não valia a pena alimentar grandes esperanças. Pegou o cinzeiro que lá estava e apagou seu cigarro nele. Depois deu um passo, com o cinzeiro na mão. Ao pisar na borda do tapete verde fingiu tropeçar e deixou cair o cinzeiro. O conteúdo se espalhou sobre o tapete. Isaías se ajoelhou com ar confuso e começou a recolher as pontas de cigarro, com grandes movimentos semicirculares de ambas as mãos. Nunca tinha posto tanto entusiasmo numa tarefa como aquela. O ardil era canhestro, não era nada, mas se encontrasse o que procurava... Seu achado lhe causou uma leve dor na polpa do polegar. Cerrou os dentes para disfarçar. Um fio de sangue começou a escorrer pela palma de sua mão.

Era um minúsculo caco de cristal verde. A prova de que precisava.

Um par de mãos poderosas aferrou seu pescoço. Tentou gritar, não conseguiu. Rodou, e tudo se escureceu. Sentiu na nuca a respiração cortante de Gabriel e ouviu suas palavras como se viessem de outro mundo muito distante, do mundo dos vivos.

— Não faz mal que eu tenha matado alguém para poder chegar a isto. Não faz mal... Eu mataria você por toda a eternidade... Toda...

Quando Isaías recuperou os sentidos, segundos mais tarde, havia uma grande confusão no quarto. Sande e Albrieu agarravam Gabriel, que se debatia com violência e espumava pela boca. Quando o levaram, Isaías acariciou o pescoço aliviado.

Na delegacia de polícia, Gabriel Chávez fez uma ampla exposição dos fatos. Na primeira das três noites, a noite de terça-feira, entrara no quarto de Isaías com a intenção de assassiná-lo. Quando este acordou e derrubou o cinzeiro ao tentar acender a luz, achou mais prudente fugir e adiar seus planos.

Também não teve sorte na noite seguinte. Seu plano inicial, depois abandonado, consistia em envenenar a taça de Isaías, sabendo que ele acostumava enchê-la de água todas as noites. Assim fez, derramando um pouco de cianureto na taça, mas provavelmente, por causa do nervosismo, algum movimento brusco fez com que derrubasse a taça, que caiu no tapete e se quebrou. O ruído provocou o estranho sonho de Isaías, assim como a luz da lanterna em seus olhos, na noite anterior, provocara o não menos estranho sonho da mariposa incandescente. Gabriel se viu diante de um difícil problema. Se deixasse a taça quebrada sobre o tapete, corria o risco de que sua vítima notasse nos cacos os vestígios do cianureto que ainda não se dissolvera por completo e que, levada por sua mania, o analisasse com seu próprio equipamento de laboratório, ficando de sobreaviso de que alguém tentara assassiná-lo. Mas levar a taça quebrada também era uma tarefa difícil. Era preciso pensar rápido, e Gabriel o fez. Lembrou-se de que em seu quarto ele tinha um tapete idêntico. Recolheu, então, o tapete de Isaías, com os cacos da taça, e levou tudo junto para seu quarto. O tapete era grosso, não deu tempo de a água vazar em grande quantidade. Por isso Isaías não viu nenhuma umidade no chão na manhã seguinte. Depois de deixar o tapete com a taça quebrada a salvo em seu quarto (mais tarde se desfez dos cacos), Gabriel pegou seu próprio tapete, voltou ao quarto de Isaías e o colocou no lugar do outro. Seu plano fracassara, e naquela noite não teve tempo de pensar em outro; mal bastou para apagar os rastros de suas andanças. Só na noite seguinte, a noite em que Octavio, talvez pela primeira vez na vida, voltou cedo ao seu quarto, Gabriel se lembrou de ter visto o corta-papel sobre a escrivaninha de Isaías. Usá-lo o repugnava, mas, malogrado o plano do envenenamento, não tinha outro remédio. Pela terceira vez voltou ao quarto de Isaías. Viu alguém dormindo em sua cama. Pensou, com lógica, que fosse seu rival. Pegou o corta-papel e o cravou em suas costas. Depois voltou calmamente para seu quarto, sem suspeitar que o morto era Octavio.

Confirmando seu depoimento, a análise clínica dos minúsculos cacos de cristal encontrados no tapete, bem como do próprio, revelou a presença de vestígios de cianureto de potássio. Isaías Bloom e Elena Conde se casaram uma semana depois. De todos os presentes que o casal ganhou, o mais original foi o de tia Isabel: uma taça de cristal verde com uma inscrição em letras douradas. Duas palavras: “Boa Sorte”.

(1950)

Os caçadores de lontras

Renato ouviu os tiros. Voaram patos e garças, e ao longe uma nuvenzinha de fumaça azul se desmanchou lentamente na quietude infinita da tarde.

Na boca da noite voltou Chino Pérez, carrancudo e silencioso. Trazia a reboque um barco pintado de vermelho, com letras brancas no costado de bombordo: *San Felipe.*

— Encontrei por aí — explicou, sem olhar para Renato. — Acho que é da fazenda. — E acrescentou depois de uma pausa: — Pelo jeito quebrou a amarra.

Renato ergueu-se lentamente, fumando seu cachimbo, e aproximou-se da margem. Renato era baixo e esquálido. Seus olhos azuis tinham uma fixidez de alucinado, que desmentia o desenho quase pueril da boca.

A corrente do bote era nova, Renato viu que estava intacta, mas não disse nada. No fundo havia impecáveis apetrechos de pesca e um rifle calibre 22; num dos bancos, um suéter de lã com listras coloridas.

— Pegou alguma coisa? — perguntou Renato em voz baixa.

— Nada — replicou seu companheiro. E acrescentou com um sorriso torpe: — Uns frangos-d'água.

— Ouvi os tiros — disse Renato. Chino Pérez não respondeu. Ensimesmado e longínquo, sentou-se na beira da ilhota; tirou as alpargatas e mergulhou os pés na água fria, com os olhos cravados na distância.

Naquela noite houve vigília de cães nas costas da lagoa; passos e lanternas; vozes abafadas, que o vento trazia e levava. Renato dormia. Chino Pérez ficou fumando, absorto e distante, até que o céu começou a clarear.

Chino Pérez acabou de esfolar as lontras e estaqueou os couros. Renato o observava com seus olhos azuis e impávidos.

Chino Pérez cobriu a fogueira com terra e estendeu o olhar ao longe. A água ganhara tons de chumbo, e no ouro verde dos juncos se alongavam as primeiras sombras. Pelos confins da lagoa, ensimesmada na calma crepuscular, entre as últimas barreiras de juncos, pairavam rente à água nuvenzinhas de vapor.

— Olha, irmãozinho; desta noite não passa — disse Chino Pérez sem se voltar.

Os dois botes balançavam à beira da ilhota. As linhas de pesca se sacudiam a intervalos com breves convulsões elétricas. "Tambicus", pensou Chino Pérez de mau humor. Ainda não era a hora das traíras. As traíras levavam a linha de um puxão, deixando-a tensa e vibrante como uma corda de violino.

— Sei que você quer ir embora — disse Chino Pérez.

Renato não respondeu. Deixou o silêncio pairar entre eles, separando-os, restituindo-os a seus mundos distintos, suavemente, sem violência.

Chino Pérez era de baixa estatura, robusto, amarelento o rosto, talhado à faca o cenho, hirsuta a cabeleira, pétrea e bruta a expressão.

Ao longe, no campo, acendeu-se uma luz. Latiram cães. Gorgolejava a água.

"Sei que você quer ir embora", pensou Chino Pérez. "Eu também quero", refletiu fitando o bote da fazenda. As listras coloridas do suéter se destacavam no escuro. Chino Pérez não mexera em nada. Um temor recôndito o impedia de pôr a mão naquelas coisas. "Logo vêm te procurar", pensou com gana.

Lua cheia: pilha de moedas amarelas e trêmulas sobre o pano cinza da água.

No fundo do juncal gritou a lontra; era um grito lamurioso, como o gemido de um ser humano. Chino Pérez levantou a gola do casaco, como se estivesse com frio.

— Já coloquei as armadilhas — disse. Renato pensou que não precisava dizer. Ele o vira sair cedo, de bote, com as armadilhas prontas para serem colocadas nos ninhos e comedouros.

Chino Pérez foi até o local da fogueira e se agachou, esfregando as mãos. Só então percebeu que ele mesmo apagara o fogo e lamentou ter feito aquilo. "Amanhã vamos embora", pensou. "Para sempre." Três meses dormindo em qualquer lugar, sobre a terra úmida e podre, sem acender fogo de noite, negando o corpo de dia. Tinha o gosto de peixe grudado na garganta. Cuspiu com nojo.

— Que é que você vai fazer com o dinheiro, gringo?

— Com o dinheiro? — Renato pestanejou. — Voltar para o sítio — disse ao fim de uma longa pausa. Seu pai sempre quis ter um trator. Toda a vida. Agora estava morto, no meio do campo, e os tratores passavam por cima dos seus ossos. Morto, para sempre, e sem estrelas. A miragem renascera no filho, mais torturada e violenta: para torná-la realidade à força, virara caçador de lontras. Na fazenda vizinha ao sítio do pai, tinha visto uma vez um trator de esteira, um Caterpillar vermelho... Renato, talvez sem saber, tinha a terra no corpo, como os pais e os avós. Despertou do devaneio com um estremecimento semelhante a um calafrio. — Isso se a gente receber... — acrescentou em voz baixa.

Chino Pérez, cabisbaixo, chutou o chão úmido. Ouviu-

-se um chapinhar na água, e uma das linhas retesou-se bruscamente. Começou a retirá-la, devagar, com compassados movimentos de ambas as mãos. Corcoveava a traíra, veloz e frenética no extremo da linha, mordendo o reforço de arame. Com um último puxão lançou o peixe na terra. Brilhavam em sua boca os dentes amarelos e fortes, e seus olhos tinham uma fixidez azulada e viscosa. Chino Pérez o segurou pelas guelras com o polegar e o indicador e lhe deu dois golpes na cabeça com o cabo de um relho. Depois retirou o anzol. Silvou no ar a chumbada de porcas e afundou na água.

Renato apagou o cachimbo e se pôs de pé.

— Vou recolher as armadilhas — disse.

— Deixa; eu vou — respondeu Chino Pérez. Seu tom se suavizou. — Melhor você dormir um pouco, irmão. Amanhã a caminhada é longa.

Renato obedeceu. Deitou-se sobre umas lonas, com a roupa do corpo; e antes de pegar no sono viu pela última vez o vulto do companheiro, erguido sobre o bote, remando ao luar.

Chino Pérez mergulhava o remo silencioso, e o bote quebrava o espelho liso e polido da água. Dormia a lagoa profunda de ecos e rumores. As franjas dos juncais se destacavam nítidas e escuras.

Chino Pérez não seguiu o caminho de sempre. Um medo supersticioso e agudo esvoaçava em seu sangue. Não estava acostumado ao medo. Pelejava para espantá-lo como um cachorro a uma mutuca. Ao chegar perto da ilhota de espadanas, parou de remar.

No recôncavo da ilhota, na tarde anterior, o filho do encarregado lhe aparecera no bote da fazenda. Chino Pérez só o vira uma vez, de longe, percorrendo as terras, mas logo o reconheceu. Ao ver o caçador de lontras, um gesto de hombridade lhe curvara os dedos em torno do rifle. Não trocaram palavras, nem foi preciso. Com aquele mesmo gesto viril no rosto adolescente se curvara e tombara pela borda — um tiro na garganta —, entre os ásperos rabos-de-raposa.

Chino Pérez não quis passar por lá. Deixava duas boas armadilhas na ilhota. "O encarregado que fique com elas", pensou torpemente.

O vento soprava da costa, penteando os juncos. Um chocalho ressumava pingos de som nas mãos geladas do ar.

E de repente se fez, ao longe, a noite dos cães, dos tiros, do ódio desatado como uma labareda. Chino Pérez ouviu as vozes surdas e seu ódio de aço. Chegavam com o vento, acres e ferozes como dentadas.

Depois foi o silêncio, mais súbito, maior e mais terrível do que antes. O silêncio da lagoa, prenhe de mistério.

De longe os cães o farejaram. Chino Pérez arrastava-se pelo capinzal, silencioso como um gato, em direção ao Moinho Grande, em desuso desde que as águas da gleba ficaram salobras.

Ao pé do moinho os peões da fazenda tinham feito uma fogueira. Contra seu brilho cárdeo recortava-se a silhueta do encarregado, sombrio como a noite, os braços cruzados, afastadas as pernas, desafiando a noite a roubar sua vingança.

Ao luar girava a roda do Moinho Grande, como uma enorme flor branca. Girava lentamente, parando por momentos; e amarrado às pás, pingando sangue, com os olhos vidrados de dor e terror, girava o corpo torturado de Renato. O vento levava e trazia seus gemidos, e a roda girava lentamente sob o céu cravejado de estrelas.

A duzentos passos do moinho parou Chino Pérez para tomar fôlego. Ardiam-lhe as mãos furadas de espinhos. Os cães se remexeram, inquietos, recrudescendo o exasperado coro de latidos. Continuou avançando. A intervalos chegava até ele o gemido estertoroso de Renato.

"Paciência, irmãozinho. Paciência."

Parou a cem passos do moinho.

Chino Pérez nunca errava um tiro. A vinte metros de distância matava uma lontra com um tiro no olho, para não perfurar o couro.

"Paciência, irmão."

Ergueu o Winchester, devagar, muito devagar. A mira se cravou no semblante taciturno do encarregado, vacilou por um instante, depois continuou subindo pelo metálico esqueleto do moinho. A roda deu mais meia-volta e se deteve num rangido, deixando Renato na vertical, de pé no alto, suspenso e só, com os olhos azuis perdidos.

Chino Pérez puxou o gatilho.

(1951)

Os olhos do traidor

Em 16 de fevereiro de 1945, tropas russas completaram a ocupação de Budapeste. No dia 18, fui detido. Dia 20, fui posto em liberdade, e reassumi minhas funções no Departamento de Oftalmologia do Hospital Central. Nunca soube o motivo da minha detenção. Tampouco soube por que fui posto em liberdade.

Dois meses mais tarde, chegou às minhas mãos um pedido assinado por Alajos Endrey, condenado à morte que aguardava o cumprimento da sentença. Oferecia doar seus olhos ao Instituto de Recuperação da Visão, fundado por mim no início da guerra, e no qual realizei — ainda que agora isso seja negado por Istvan Vezer e a camarilha de arrivistas que me difamaram e obrigaram a expatriar-me — dezoito transplantes de córnea em pacientes cegos. Destes, dezesseis foram coroados de êxito. O paciente número 17 negou-se terminantemente a recuperar a visão, embora a operação tenha sido tecnicamente perfeita.[1]

[1] Creio que nesse caso o fator psicológico foi decisivo. O paciente na realidade enxerga, mas não reconhece o fato, porque tem medo de enxer-

O caso número dezoito é o tema deste relato, que escrevo para distrair as horas do meu solitário desterro, a milhares de quilômetros da minha Hungria natal.

Fui ver Endrey. Estava numa cela pequena e limpa, que percorria sem cessar, como uma fera enjaulada. Nenhum traço notável o recomendava à atenção de um homem de ciência. Era um sujeito mirrado, irritadiço, com uma permanente expressão persecutória no olhar. Apresentava evidentes sinais de desnutrição. Um exame sumário revelou-me que suas córneas estavam em bom estado. Comuniquei-lhe que seu oferecimento estava aceito. Não indaguei seus motivos. Já os conhecia de sobra: sentimentalismo de última hora, talvez um obscuro afã de permanecer, mesmo que numa mínima parte, incorporado à vida de outro homem. Afastei-me pelos corredores de pedra cinza, ladeado pelo olhar indiferente ou hostil do guarda.

A execução teve lugar em 20 de setembro de 1945. Recordo vagamente uma procissão de homens silenciosos e semiadormecidos, uma estrada poeirenta que subia por entre o mato, um amanhecer corriqueiro. Improvisei uma mesa de operações num barracão com teto de zinco, a cinquenta passos do local da execução. Pensei, ociosamente, que o executado poderia ser eu mesmo, que o destino era absurdo, que a morte era um hábito trivial.

Preparei cuidadosamente o paciente. Era cego de nascença, por deformação cônica da córnea, e se chamava Josef Pongracz. Passei pelas pálpebras as linhas destinadas a mantê-las abertas. Nessa manobra surpreendeu-me a descarga fatal.

---

gar, porque não quer enxergar, porque está acostumado a não enxergar. Não há outra explicação.

Dois soldados trouxeram o morto numa padiola. Uma quádrupla estrela de sangue condecorava-lhe peito. Tinha as pupilas dilatadas num vago assombro.

Extraí o olho e recortei a parte da córnea destinada ao enxerto. Em seguida, extraí a região doente da córnea do paciente e a substituí pelo enxerto.

Dez dias mais tarde retirei os curativos. Josef se levantou e deu uns passos indecisos. Observei suas reações. Seu rosto adquiriu uma expressão de indizível temor. *Enxergava*. Estava perdido.

Olhou em volta, procurando-me entre os objetos que compunham a sala de operações. Quando falei com ele, reconheceu-me; tentou sorrir. Ordenei-lhe que se dirigisse à janela. Vacilou, e então o tomei pelo braço e o guiei, como se fosse uma criança. Quando o defrontei à janela, fechou os olhos, tocou o parapeito, o batente, os vidros, repetidas vezes, infinitamente. Depois abriu os olhos e fitou a distância.

— Entardece — disse, e começou a chorar silenciosamente.

Dois meses mais tarde, recebi a visita do doutor Vendel Groesz, do Instituto de Psiquiatria. Josef o procurara. Encontrava-se, segundo suas palavras, num estado desastroso, em profunda depressão mental, agravada por pesadelos e alucinações; a esquizofrenia o ameaçava.

Dois dias depois da operação (disse-me o doutor Groesz), Josef havia sonhado com uma vaga paisagem, quase desprovida de detalhes: uma colina, uma estrada, uma luz cinzenta e espectral. O sonho se repetira por sete noites seguidas. Apesar do caráter inofensivo dessas representações, Josef despertara sempre dominado por um obscuro e injustificável terror.

O doutor Groesz consultou suas anotações.

— *"Era como se eu já tivesse estado lá, e fosse acontecer uma coisa terrível."* São suas próprias palavras.

O doutor Groesz confessou que nesse caso todos os procedimentos usuais haviam fracassado. Quaisquer que fossem os complexos de Josef, não podiam estar ligados a sensações ou memórias visuais, pois era cego de nascença. Desde que recuperara a visão, não deixara a cidade. Portanto ignorava, a rigor, o que era uma colina, o que era uma estrada poeirenta na montanha, a menos que se pudesse denominar conhecimento o conceito impreciso, adimensional, próprio do cego. O panorama que inquietava os sonhos de Josef não era, portanto, uma memória visual; tampouco uma memória visual modificada pela peculiar simbologia onírica, mas um produto inexplicável, arbitrário, do subconsciente.

— O sonho — disse o doutor Groesz —, por mais distante que pareça da experiência, sempre se baseia nela. Quando não há experiência anterior, não pode haver sonhos correspondentes a essa experiência. Por isso os cegos não sonham, ou pelo menos seus sonhos não são constituídos de representações de ordem visual, mas tátil ou auditiva.

Nesse caso, porém, havia um sonho de caráter visual (cuja repetição indicava sua importância), anterior a toda experiência visual da mesma ordem.

Forçado a buscar uma explicação, o doutor Groesz recorrera aos arquétipos ou imagens primordiais de Jung — cujas teorias rechaçava por fantásticas —, espécie de herança onírica que recebemos de nossos antepassados, e que podem irromper intempestivamente em nossos sonhos e até em nossa vida consciente.

— Eu sou um homem de ciência — esclareceu, desnecessariamente, o doutor Groesz —, mas não posso prescindir de nenhuma hipótese de trabalho, por mais que se oponha à minha experiência e a meu modo peculiar de ver as coisas. Mas também tive de descartar essa hipótese. O senhor logo verá por quê. "Uma semana depois, a paisagem austera e desnuda dos primeiros sonhos começou a se completar, como uma fotografia que se revelasse lentamente. Uma noite foi uma pedra de forma peculiar; na noite seguinte, uma cabana com teto de zinco, ao abrigo de duas árvores severas e idênticas; depois um amanhecer sem sol; um cão vagando entre as árvores... Noite após noite, detalhe por detalhe, o quadro ia-se completando. Chegou a descrever, em meia hora de minuciosas disquisições, a forma exata de uma árvore, a forma exata de alguns ramos dessa árvore, e até a forma de algumas folhas. O quadro sempre se aperfeiçoa. Nenhum detalhe anterior desaparece. Fiz a experiência. A cada dia peço-lhe que repita o sonho da noite anterior. É sempre o mesmo, exatamente, *mas com algum detalhe a mais*.

"Faz uma semana, mencionou pela primeira vez cinco figuras que tinham aparecido no quadro. Cinco contornos, cinco silhuetas escuras, recortadas contra o amanhecer cinzento. Quatro delas estão numa mesma linha, de frente; a quinta, ao lado, está de perfil. Na noite seguinte as cinco figuras apareciam de uniforme; a figura ao lado empunhava uma espada. De início os rostos eram confusos, quase inexistentes; depois foram ganhando precisão."

O doutor Groesz voltou a consultar suas anotações.

— A figura ao lado, empunhando a espada, é um oficial jovem e loiro. O primeiro soldado da esquerda é baixo, e a farda fica-lhe apertada. O segundo *lembra-lhe* (repare bem: *lembra-lhe*) seu irmão mais novo; *Josef me disse, quase chorando, que ele não tem irmãos, nunca teve, mas esse soldado lembra-lhe seu irmão mais novo*. O terceiro tem bigode preto e a farda puída; evita olhá-lo; mantém o olhar desviado... O quarto é um homem gigantesco, com uma cicatriz que atravessa o lado esquerdo do seu rosto, da orelha ao canto da boca, como um rio tortuoso e violáceo; um maço de cigarros desponta no bolso de sua jaqueta.

O doutor Groesz tirou um lenço do bolso e enxugou a testa.

— Ontem — disse, e pela forma como disse "ontem" pressenti a iminência de algo terrível — *ontem Josef viu o quadro completo*! Meu Deus! Meu Deus!

"Os soldados empunhavam fuzis e apontavam para ele, com o dedo no gatilho, prestes a abrir fogo.

"Providenciamos sua imediata internação. Resiste a dormir, porque teme sonhar que está diante de um pelotão de fuzilamento, teme sentir o horror imediato e inaudito da morte. Mas o quadro, que antes só aparecia em sonhos, agora o persegue também na vigília. Basta-lhe fechar os olhos, até no fugaz instante de piscar, para vê-lo: o oficial com a espada nua, os quatro soldados perfilados em posição de abrir fogo, os quatro fuzis apontados contra seu coração.

"Hoje pela manhã pronunciou um nome estranho. Perguntei-lhe quem era, e *disse que era ele*. Acredita ser outra pessoa. Um caso evidente de esquizofrenia."

— Qual o nome? — perguntei.

— Alajos Endrey — respondeu o doutor Groesz.

Mediante intercessão de um chefe militar — cujo nome, por motivos óbvios, omito aqui — consegui entrevistar-me com o oficial que comandara a execução de Alajos Endrey. Não se lembrava de mim. Eu, por meu turno, mal o vira em nosso fugaz encontro anterior. Atendeu, com fria cortesia militar, ao meu desatinado pedido.

Poucos minutos mais tarde, os quatro soldados que integraram o pelotão de fuzilamento naquela cinzenta e quase esquecida manhã estavam formados à minha frente. *Então vi o quadro que vira o desventurado Josef com os olhos do traidor Alajos Endrey*:

O primeiro soldado da esquerda era baixo e gordo, e a

farda ficava-lhe apertada; no segundo julguei perceber uma vaga semelhança com o próprio Endrey; o terceiro tinha bigode preto e olhos que evitavam olhar de frente; sua farda estava muito surrada. O quarto era um homem gigantesco, com uma cicatriz que atravessava o lado esquerdo do seu rosto, como um rio tortuoso e violáceo...

(1952)

A viagem circular

Devo a ideia central deste conto ao engenheiro Emilio Mallol, falecido em Buenos Aires, em março de 1950, a cuja memória o dedico.

Em dezembro de 1926 formei-me no Instituto Politécnico de Mecânica de Hamburgo, e quatro meses mais tarde entrei como assistente do engenheiro-chefe nas grandes usinas que fornecem energia elétrica para a cidade de Bremen. Lembro-me de constatar com assombro que meus estudos na matéria não me haviam preparado para a visão quase fantástica que se abriu à minha frente quando cruzei a última porta de acesso, para assumir as minhas funções: as grandes máquinas com seus volantes girando velozes, a branquíssima luz refletida nos ladrilhos e azulejos, a atmosfera quente e o zumbido característico das grandes centrais, tudo me impressionou vivamente.

Von Braulitz, o engenheiro, era um homenzinho gentil, de olhos muito azuis e cabelos muito brancos. Parte daquelas máquinas fora construída sob sua direção. Ele as descrevia com orgulho quase infantil, enquanto me acompanhava em minha primeira visita à casa de força. Por uma delas, principalmente, professava verdadeiro amor, uma paixão quase doentia que de pronto chamava a atenção num homem tão formal e seguro.

Depois vim a entender que esse sentimento era justificável. Eu também cheguei a amá-la, a venerar seu funcionamento perfeito, sua harmonia ciclópica, a autêntica poesia de suas linhas. Era uma unidade enorme e reluzente.

— Estranha, não é? — disse Braulitz detendo-se diante da máquina, e uma fugaz cintilação iluminou seus olhos transparentes. — Reparou que todas as partes móveis têm superfícies de apoio tão grandes que o desgaste é quase nulo? O senhor entenderá facilmente que uma máquina com essa estrutura é...

— Claro, claro — disse, interrompendo-o —, entendo perfeitamente que seja capaz de funcionar por muito tempo sem parar; talvez vinte dias, ou mais...

— Qualquer máquina é capaz disso — replicou com um gesto de desdém que, mais uma vez, me causou estranheza; mas em seguida retomou sua fala pausada e quase doce. — Esta rodou sem parar durante noventa dias com suas noites, no teste inicial, e agora está funcionando desde janeiro e só deverá parar no fim do ano, ou até depois. — Sorriu, apalpando a lustrosa carcaça do maior de seus cilindros, e em seguida acrescentou: — Nós a chamamos "A Incansável".

Depois me levou para o lado do volante. Eu nunca tinha visto uma peça tão grande. A parte que emergia do piso tinha mais de seis metros, e o ar deslocado silvava ao seu redor. Os braços, em sua incessante rotação, pareciam empenhados numa vertiginosa corrida, reaparecendo com novo impulso depois de perder-se no extremo oposto. A voz do engenheiro surpreendeu meus pensamentos:

— Está observando o volante? Já viu algo parecido? Tem ideia do tamanho de sua coroa?

Tive de admitir que, de fato, nunca vira nada igual. A máquina, orgulho da indústria alemã, parecia um deus de aço.

Depois de percorrer comigo a sala e explicar-me as minhas tarefas, Braulitz mostrou-me meu quarto. A usina ficava nos subúrbios da cidade, e, para evitar os transtornos do transporte, os altos funcionários que assim o desejassem podiam alojar-se em suas instalações. O aposento, embora pequeno, oferecia todas as comodidades. Numa das brancas paredes vi a fotografia de um homem jovem e alto, de calças brancas e camisa esporte. Braulitz seguiu a direção do meu olhar e murmurou:

— Adalbert Drappen. Seu antecessor. Era um moço muito capaz, mas tinha ideias um tanto anárquicas. — Sorriu com paternal condescendência, como homem habituado a compreender os impulsos e as paixões da juventude. — O zelador se esqueceu de retirar a fotografia. Amanhã o lembrarei.

Quis averiguar mais a respeito de Drappen, mas Braulitz desconversou. Deu-me seu boa-noite, apertou-me a mão desejando-me sorte no desempenho das minhas funções e se retirou.

Mais tarde eu soube por um dos capatazes que Drappen havia sido demitido. Foi por ocasião das revoltas socialistas de fevereiro, dois meses antes da minha entrada na usina. Adalbert Drappen era um militante fervoroso. Exigira que a usina aderisse ao movimento. Braulitz não teve inconveniente em parar todas as máquinas, mas quando se tratou de desligar A Incansável, ele se recusou. Houve uma violenta discussão, que ninguém presenciou, mas que alguns puderam ouvir nas imediações da casa de força. No dia seguinte Braulitz anunciou que demitira Drappen. Os grevistas, que ocupavam pacificamente a fábrica, ouviram a notícia com um sorriso nos lábios: sabiam que, se o movimento fosse vitorioso, Braulitz teria de readmitir Drappen. No fundo apreciavam o velho — que consideravam um teimoso —, e por isso ninguém insistiu em desligar A Incansável. Noite após noite Braulitz montou guarda junto a sua amada máquina, até que o conflito terminou e os grevistas tiveram de ser reintegrados ao trabalho. Mas Drappen não se apresentou. Decerto a disputa com Braulitz o abalara profundamente. Gostava muito do velho, e este também o apreciava, sempre dizendo que Adalbert era seu braço direito. Durante várias semanas todos o notaram muito abatido e sombrio, e atribuíram seu estado ao desgosto recente.

À noite, finda a nossa jornada, Braulitz, Fischer, o subchefe, e eu costumávamos nos reunir no cassino da usina. Fischer era um alemão corpulento, grande bebedor de cerveja, bebida que para mim, homem do sul, nunca teve grande atrativo. Fischer e eu jogávamos bilhar, enquanto Braulitz lia numa poltrona, erguendo a cabeça de vez em quando para nos olhar sorrindo, com sua expressão plácida e paternal. Fischer media suas carambolas com a precisão de um engenheiro; para dar à sua pose o distinto toque grotesco, só lhe faltava instalar um teodolito sobre a mesa. E quando errava um simples passe de bola, contemplava primeiro o pano e depois o taco com cômica perplexidade.

Uma vez por semana, às quintas-feiras, Braulitz me convidava para jantar num restaurante dos arredores, à beira do Weser, que fluía obscuramente entre as luzes da ribeira. Depois do café, contava-me a história de sua juventude e uma infinidade de casos nos quais mobilizava o melhor do seu engenho vivo e espirituoso. Para um homem de ciência, tinha uma extraordinária imaginação literária, e lembro-me de mais de uma vez tê-lo ouvido, com assombro, relatar fingidas aventuras e aventar fantásticas possibilidades extraídas do sombrio mundo científico. Sempre desconfiei que, às escondidas, lesse romances policiais. Uma daquelas fantasias me impressionou mais do que as outras, talvez pela familiaridade dos elementos que envolvia.

— O senhor imagine — disse-me com aquele sorriso bonachão e um brilho malicioso no olhar —, o senhor imagine, meu caro Cacciadenari, que um de nós, ou um capataz, ou um operário, tivesse o azar de tropeçar e cair no volante d'A Incansável. Talvez se escutasse um grito, mas nada além disso. O ruído das máquinas abafaria tudo. Por alguns instantes, uma fina faixa escura aumentaria a espessura da coroa. Depois a faixa diminuiria rapidamente e o volante voltaria ao seu aspecto anterior... Está me acompanhando?

Eu assenti com o olhar, pendente de suas palavras.

— A força que oprimiria o corpo contra o metal da coroa seria superior àquela que experimentaria soterrado a uma profundidade de quinze metros. Se a pessoa caísse de costas, depois de girar sobre si mesma, e em seu desespero se aferrasse a um braço do volante, a força centrífuga, como se tivesse algo de diabólico e vivo, a obrigaria a soltar-se e lhe distenderia o corpo em toda sua longitude. Cada partícula de seu corpo cederia sob a ação de uma energia sutil e inexorável. Logo deixaria de respirar, o coração se incrustaria nos pulmões. As roupas e a carne se transformariam aos poucos em pó impalpável e se perderiam na atmosfera; os próprios ossos começariam a se desgastar. E enquanto o processo acontecesse, *ninguém veria nada, ninguém saberia dessa vertiginosa viagem circular*, que se estenderia ao longo de semanas e meses. Aderido à coroa, invisível, morto, pó fino e branco, quem sabe uma fetidez quase imperceptível... Seria uma morte prodigiosa, possivelmente única até agora. E quando a máquina parasse, um, dois anos depois, só restariam no interior da coroa o relógio, as moedas, uma fivela metálica, uma cigarreira de prata, uns restos de ossos...

Braulitz acendeu um cigarro e fumou pensativamente, com os olhos cravados nas sombras movediças do rio.

Deve ter estranhado meu silêncio, porque cravou em mim suas claras pupilas azuis e me disse, apalpando-me o braço:

— Parece que minha história o impressionou, meu caro amigo. Ora, ora, não faça caso das fantasias de um velho.

Em setembro soube que Braulitz estava doente. Já não podia mais disfarçar. Sua tez rosada adquirira um tom cadavérico e seus bondosos olhos azuis fitavam como mortos do fundo de suas pupilas. Sua doença era das que não têm cura; aquela cujo nome é sempre pronunciado com secreto temor: câncer. Passava quase que o dia inteiro trancado em seu quarto, e só saía de quando em quando para postar-se diante d'A Incansável e olhá-la longamente com expressão pensativa.

No final de novembro todos entendemos que seu fim estava próximo. Braulitz suportava com estoicismo suas terríveis dores, e só parecia preocupar-se quando se falava de sua amada máquina. Suas últimas palavras foram para ela:

— Que continue rodando..., até eu morrer. — E acrescentou com macabro humorismo: — Não quero que pare antes de mim.

Depois pronunciou palavras incompreensíveis:

— Essa bela viagem circular...

Horas mais tarde perdeu os sentidos e no terceiro dia morreu.

Eu presenciei o desligamento d'A Incansável. De comum acordo com Fischer, decidimos pará-la para fazer uma limpeza já imprescindível. Não sem emoção observei como o gigantesco volante diminuía pausadamente a velocidade, como o sibilante vórtice dos braços assumia seus contornos precisos, até que por fim o lustroso deus de aço parou com um estalo.

Então, com espanto, com medo, com desolação, ouvimos um entrecortado estrépito e um cristalino tilintar. E da imóvel coroa d'A Incansável rolaram pelo piso um punhado de ossos, um relógio, umas moedas, uma fivela metálica, uma cigarreira de prata com duas iniciais gravadas: A. D.

(1952)

Quiromancia

Eu voltei ao meu país. Meus olhos não viram o céu retalhado pela artilharia, meus ouvidos não ouviram o silvo das bombas. Moro numa casa tranquila, com um jardim onde às vezes cantam os pássaros. Tudo isso me foi predito por Quigley numa noite quase de todo esquecida, mas que imagino dominada por aquela atmosfera mágica que Quigley levava ao seu redor. Não sei por que me lembro dele sempre multiplicado pelos espelhos, inumerável e único nos espelhos, alto e loiro e vestido de preto no mistério dos espelhos dos cálidos salões, onde às vezes havia grandes candelabros, e homens solenes de monóculo, e mulheres de sorriso indefinível.

Depois o reencontrei numa tarde carregada de símbolos e premonições, uma tarde que há anos venho reconstituindo com paciente devoção. Homens de macacão cinza estavam trepados nas árvores, até onde a vista podia alcançar, e podavam as árvores que à luz cinzenta do entardecer já pareciam grandes mãos atormentadas ou estranhos candelabros.

Nas ruas do centro começavam a ser construídos os primeiros abrigos antiaéreos. Os operários trabalhavam sem ânimo, como se não acreditassem naquilo. Levantavam os trilhos dos bondes, e embaixo dos paralelepípedos e do pavimento aparecia a terra parda e feia como um cadáver. Os moradores da cidade se detinham, vez por outra, lembrando com surpresa que embaixo das ruas e das casas, embaixo dos monumentos, e dos cinemas, e dos teatros estava sempre a grande devoradora, a insaciável e indiferente.

Fui eu, foi Quigley que formulou estas vãs precisões? Ele caminhava a meu lado, desdenhoso, indiferente. O céu, agora de um azul muito escuro e metálico, estava polvilhado ao longe de tênues nuvenzinhas rosadas.

Eu — como é inevitável repetir — voltei ao meu país. Não vi a guerra. Não teria acreditado nela se Quigley não tivesse errado sua última profecia. Mas Quigley errou, e portanto é preciso resignar-se.

Alguns rumores, algumas incertezas chegaram até mim através da fumarada da grande hecatombe. Não sei se bastam para recriar os últimos dias febris de Quigley. Mas queria de algum modo retribuir esta temerosa felicidade que ele me vaticinou. Queria de algum modo tirar seu nome dentre as ruínas e as cinzas.

Francis Quigley — agora posso dizer, agora que todos o esqueceram — foi um famoso quiromante. Mãos de príncipes, de artistas, de adoráveis mulheres, de assassinos, tinham revelado a ele seus segredos. O futuro dos homens deslizava indubitável diante dele por aqueles minúsculos rios das mãos, e ele o decifrava.

Mas depois a guerra fez com que se perdesse todo o interesse em sua arte. O temor crispava as mãos. Ao anoitecer os grandes aviões cruzavam o rio voando baixo. De noite dançavam como mariposas de prata à luz dos holofotes. As pessoas os ouviam aproximar-se e contavam os segundos em voz baixa, enquanto as bombas ponteavam o silêncio.

Francis Quigley perambulava, louco, pelas ruas de Londres, pelas ruínas, parava de noite para olhar o céu florido de granadas, sentava-se de dia nos bancos das praças, com sua casaca preta, com seu olhar triste, com sua solidão irremediável.

Ninguém o reconhecia. Homens graves passavam depressa a seu lado, crianças taciturnas fugiam dele. Pensava que se pudesse, mais uma vez, exercitar sua arte, aprofundar-se num destino inescrutável, trazer à tona o feitio do futuro, recriar o passado, voltaria a ser quem tinha sido. Então, sim, então poderia morrer; ou pelo menos não lhe importaria continuar vivendo.

Na noite de 20 de novembro de 1941, uma bomba destruiu uma casa próxima. Levado por uma força irresistível, Quigley correu até os escombros fumegantes. Seus braços começaram a remover cegamente as ruínas. Quigley, grotesco, ria entrecortadamente, ria aos gritos, e o vento acre publicava sua risada por escuras ruelas já sem nome.

Suas mãos afundavam nas cinzas quentes e uma ternura inexprimível povoava seu coração. Estava lá — ele sabia —, entre aqueles despojos, a meta de sua busca. Por fim a encontrou. Era uma mão decepada, separada do corpo mutilado, horrível, ensanguentada, uma mão de adolescente de brancos e delicados dedos. À luz dos incêndios, Quigley viu gravados nas linhas daquela mão todos os detalhes certos, inevitáveis do futuro.

Ele os foi enumerando, arrebatado, delirante, compreendendo claramente que nada importavam o horror e a morte se ele pudesse reiterar o milagre, afirmar o milagre:

— Viverás muitos anos, muitos anos — murmurou secreto, comovido. — Terás mulher, terás filhos, terás uma casa no campo onde às vezes cantarão os pássaros. Tudo em sua vida é paz. Paz...

Uivavam as sirenes.

Encontraram-no chorando, sentado numa pedra.

(1953)

O santo

O santo está no fundo de um nicho, no canto mais sombrio da capela. Dizem que nem sempre foi assim. O santeiro que o entalhou em madeira vermelha, sangrenta, submeteu-o a infindáveis torturas em suas mãos alucinadas, afligiu-lhe o semblante com canivetes ferozes, contorceu braços e pernas, e por fim o deixou como testemunho de sabe-se lá que ignorados procedimentos. Talvez desejoso ele mesmo de esquecê-lo, entregou-o a uma ordem religiosa. O prior, ao vê-lo, foi tomado de horror: mais que uma imagem sagrada, parecia a representação de um passado desconhecido, tão temível que nunca o ouvira em confissão. E, não se atrevendo a recusar a doação — pois o artista era famoso e influente, e, além disso, antes esculpira para o templo da ordem várias imagens belas e serenas —, deu-a de presente a outra congregação.

Daí em diante, foi longuíssima a peregrinação da inquietante imagem. Passou de congregação em congregação ante o horror, o desalento e até a indignação dos bons padres, sem que nenhum deles, no entanto, ousasse destruí-la. E depois de percorrer os caminhos sinuosos de uma interessada e temerosa claridade, foi parar na capela de uma ordem de ínfima importância, e tão pobre que, depois de alguns dias de aflita reflexão, o superior não encontrou ninguém a quem adjudicá-la. Por um instante, cogitou ele também, o bom servo de Deus, destruí-la ou refazê-la, mas havia algo na imagem — uma cinzelada de mestre, o acabamento soberbo de um detalhe — que infundia respeito e temor. Contentou-se, então, em colocá-la onde está agora, quase oculta da vista dos fiéis, mandando acrescentar-lhe uma auréola prateada, que o entalhador omitira; imaginava assim, ingenuamente, dar-lhe um pouco da santidade de que carecia.

Depois transcorreram séculos, e o próprio tempo, a grande quietude, o ambiente embalsamado de preces e rogos — talvez um pouco de gratidão por parte da efígie ao encontrar, por fim, um porto seguro — consumaram lentissimamente o que o prior imaginara, desgastando a torção violenta da boca, dilatando a testa, extasiando os olhos, cobrindo a figura de uma suave pátina amarelada, concedendo-lhe esse estar em paz da tristeza e esmerando as dobras simplíssimas das vestes. A tal ponto que não há na capela outra imagem que exale tanta beatitude e mansidão.

Pois bem, quando a última beata se vai, fazendo soar nos mármores as contas do seu terço, porque a noite chegou igualando os vitrais — a Anunciação de Maria e a Adoração dos Reis —, e o irmão companheiro dorme no último banco, ruminando ainda confusos pais-nossos, as douradas línguas da lamparina iluminam uma cena de assombro.

O santo volta à sua forma primitiva, aquela que o artista quis. Percorrem-no íntimos estremecimentos, agitam-no recônditas penúrias, sua face luminosa se apaga e murcha, suas mãos crispam-se espremendo afligentes memórias. A pérfida auréola prateada desce, silenciosa, rodeia seu pescoço como uma corda, como um condenado à forca, aperta, aperta, aperta cada vez mais.

O irmão ouve um grito, acorda então, pensa que comeu demais, que isso é ruim porque provoca pesadelos, sacode com uma vigorosa cabeçada as duas nuvenzinhas de sono que ainda tem sobre os olhos e, ao passar diante da imagem do santo, se detém, como de costume, admirando mais uma vez a doçura sublime do rosto, as mãos em paz e o suave caimento das roupas.

(1953)

O xadrez e os deuses

Também os deuses jogam xadrez, não em um plano, como nós, mas nas três dimensões do espaço. Entendo que é uma forma canhestra de dizer: os deuses não precisam de espaço, de tabuleiros ou de peças para seu jogo infinitamente sábio. Não obstante, se de algum modo quiséssemos representar o mecanismo desse jogo eterno, poderíamos fazê-lo assim: o tabuleiro é um cubo, dividido em 512 casas cúbicas. As peças se movem obedecendo às mesmas regras que valem entre nós, porém não só na superfície, mas também na profundidade. Se os deuses, por algum desses caprichos pelos quais chamaram a atenção dos homens, quisessem nos mostrar um momento do jogo, talvez víssemos cavalos alados subindo ou descendo as duas casas correspondentes e posicionando-se depois à direita ou à esquerda, à frente ou atrás. Ou quem sabe um bispo passasse entre nós como um relâmpago negro. E tremêssemos ante a majestade de pensativos reis com os olhos cravados em longínquos fulgores de batalhas. E víssemos terríveis a potência e a sanha das rainhas destruidoras de homens.

O número de combinações possíveis é infinito. O de erros também. Às vezes os deuses cometem erros brilhantes, que só eles podem corrigir. Esses equívocos podem ter consequências catastróficas para um mísero peão, para uma peça menor, mas não influem na economia geral do jogo, condenado a perdurar. Os deuses são invencíveis. Não os pedaços de alma que cegamente manipulam: E eu os vi sucumbir em sublimes e estéreis sacrifícios ou aprimorar seu tédio num canto esquecido do tabuleiro.

Alguém já disse que os deuses perpetuam no jogo as leis da beleza e da simetria. Não creio nisso. O hábito, o enfado, a indiferença, a infinita vanglória da infinita sabedoria intervêm em igual medida em cada jogada.

Alguém já disse pobremente que as forças de um lado simbolizam o bem; as outras, o mal. Qualquer um pode comprovar a tola mentira dessa crença. Os deuses não têm noção do bem e do mal. Caso contrário, não poderiam existir. No exato instante em que a simples ideia do bem ou do mal penetrasse furtivamente na vontade que move as peças no tabuleiro, este voaria em pedaços como uma gigantesca taça de cristal.

(1953)

A morte dos pássaros

Quando o deus Tamil quis castigar o rei Heron, matou todos os pássaros.

É o que dizem os livros sagrados de Uzal, o país que fica além das montanhas de Thare. E deve ser verdade. Porque os livros estão guardados numa riquíssima arca de cristal e mogno — de ouro, dizem outros —, e ano após ano, nas grandes solenidades, vão sendo escritos pelos veneráveis sacerdotes de longas barbas e letra grande, que acumulam em si toda a sabedoria do reino.

Os livros não dizem qual foi o pecado do rei, mas dão a entender que foi terrível. Também não dizem por que o deus Tamil, em vez de castigar Heron, deu morte aos pássaros. Mas isso mais tarde se entendeu.

Há quem afirme que no dia assinalado para o castigo todos os pássaros congelaram nos galhos, e no ar, os pedaços rasgados de seus cantos. O vento soprou e deu com eles por terra. Depois o tempo esparramou o pó de seus ossos, e até de seu nome e de sua memória.

Outros murmuram em segredo que os pássaros não morreram, mas que Tamil os levou a um bosque encantado, onde continuaram a cantar com suas dulcíssimas vozes. Mas ninguém nunca entrou nesse mar de música.

O rei, com a maldade de seu coração, zombou do poder do deus que, em vez de castigá-lo, sacrificava os passarinhos.

Além disso, a morte dos pássaros, sobretudo dos pardais, foi para ele uma satisfação. Os pardais reuniam-se todas as manhãs numa cerejeira próxima ao palácio e piavam desmedidamente, despertando-o antes do amanhecer. O rei decidira mandar cortar a árvore, mas agora pensou que poderia poupá-la.

— Até que enfim os pardais me deixarão descansar — exclamou com uma gargalhada.

Entristeceu-se um pouco com o desaparecimento do papagaio, que uns mercadores lhe trouxeram de terras remotas e que depois do jantar, quando o rei estava de bom humor, era capaz de fazer longos discursos que, segundo consta, superavam os dos ministros do rei. Ninguém soube o que foi feito do papagaio. Uma criada encontrou uma pena azul no tinteiro da rainha, e mais nada. Seja como for, o rei logo se consolou de sua perda e o substituiu por um bufão, cujos discursos não eram tão bons como os do papagaio, mas que falava com muitos gestos e trejeitos.

Todos pensaram que o rei tivesse se saído bem com seu crime.

Contudo, pouco depois começaram a ocorrer coisas estranhas.

De início ninguém reparou nelas. O próprio rei Heron, absorto nos assuntos de seu Estado, não notou nada.

Mas uma tarde os sinos não tocaram. Os sinos de Uzal eram o orgulho do reino. Seu timbre perfeito e melodioso adoçava as horas do entardecer, quando os pastores voltavam com seus rebanhos e os homens descansavam dos trabalhos do dia. Havia sinos enormes de bronze maciço, e grandes sinos de ferro, e pequenos sinos de prata na entrada das casas. E acima de todos os sinos havia um tão pesado que seis homens não podiam movê-lo, e tão sonoro que bastava atirar-lhe um grão de areia para ouvi-lo a uma légua de distância. E às vezes uma leve brisa era suficiente para fazê-lo tocar.

Mas naquela tarde nenhum sino tocou, e em vão esperaram os habitantes da cidade.

O rei, ao se dar conta disso, franziu terrivelmente a testa, e mandou seus emissários apurarem por que os sinos não tocavam. Os emissários pegaram suas armas e se dispersaram pelos quatro pontos cardeais da cidade. Subiram aos campanários e encontraram os sineiros sentados, com o olhar perdido ao longe, esquecidos de tudo. Pediram-lhes que tocassem os sinos, mas eles balançaram a cabeça silenciosamente, e não houve súplica capaz de comovê-los.

Então os emissários voltaram ao rei, e o rei ficou muito furioso, e por todos os vales e montanhas dos arredores repercutiram os ecos do furor do rei. E o rei mandou açoitar os sineiros, e naquela noite ouviram-se ais de dor na cidade.

No dia seguinte os sinos tocaram, mas seu som era triste e lúgubre, como se dobrassem a finados. Então o rei se enfureceu ainda mais e ordenou:

— Que não toquem os sinos! Que não toquem nunca mais!

E assim foi. Os fundidores do rei fundiram os sinos, e os habitantes da cidade, pouco a pouco, resignaram-se a não mais ouvi-los.

Depois foram os ferreiros de Uzal que se tornaram melancólicos, sem que ninguém pudesse explicar por quê, e passavam as horas mortas fitando o fogo que ardia nas forjas, sem pegar o malho, sem cravar uma ferradura. A cidade tinha inúmeras ferrarias, e antes, logo ao nascer do sol, ouvia-se por toda parte o retintim musical dos ferreiros. Mas agora as bigornas permaneciam mudas, e os habitantes de Uzal, ao não ouvi-las, baixavam a cabeça e seguiam tristes seu caminho.

— Açoitem os ferreiros! — ordenou então o rei, e no dia seguinte ouviram-se de novo os martelos nas bigornas. Mas não era já o canto alegre de antigamente, e sim um repique furioso, carregado de uma cólera surda e temível. E o rei teve medo e mandou que calassem os ferreiros, que calassem para sempre. E assim foi.

Depois foi a vez dos músicos. Na corte do rei Heron reuniam-se os músicos mais célebres do mundo. Tocavam para o rei e a rainha nas grandes festas do palácio, e tocavam para o povo nas praças nas grandes festas do lugar. E eram amados pelo povo, que os via como enviados do deus Tamil. Mas agora, quando os músicos tocavam, uma grande tristeza entrava silenciosamente em todos os corações, sem que ninguém soubesse por quê. E os homens olhavam com rancor para os músicos, e o rei os desterrou, e eles se dispersaram por toda a face da terra, longe de Uzal, como folhas secas espalhadas por um vento poderoso. E esses músicos solitários que chegam às vezes aos povoados, cobertos com a poeira do caminho, tocando realejo ou flauta, dizem que são os netos e bisnetos daqueles músicos de Uzal.

Depois veio uma noite terrível para o reino. Uma noite em que as tochas arderam e as espadas se afiaram secretamente contra o rei Heron. E o palácio foi destruído, e quando mataram o rei, este compreendeu que a vingança do deus Tamil fora certeira, e que morria por causa da morte dos pássaros.

Porque com a morte dos pássaros morrera toda a música e nascera o ódio.

Depois se passaram muitos anos, tantos anos que nem os sacerdotes de Uzal, com toda sua sabedoria, conseguiam contá-los. Pouco a pouco o povo esqueceu os pássaros, mas não recuperou a alegria. Transformara-se num povo arisco e intratável que se fez temer pelos vizinhos e levou por toda a parte o flagelo da guerra. Diz a lenda que ninguém nunca viu um desses homens sorrir. E até em tempos de paz esqueceram as indústrias que amenizam a vida dos homens: descuidaram dos jardins e taparam os canais que antes cantavam dia e noite; destruíram os bosques e as plantações, e viveram de seus arcos e de suas flechas.

Mas ainda, de quando em quando, algum lenhador solitário que cortava lenha para a casa do rei interrompia de repente seu trabalho e, sem saber por quê, erguia a cabeça e ficava à escuta. Mas o eco lhe devolvia apenas o ruído seco do machado. E o lenhador voltava então a seu trabalho, sem perceber que o que quisera ouvir era o canto de um pássaro.

Nas profundezas do bosque vivia naquela época um marceneiro e ourives chamado Alzir. Sua habilidade era tão extraordinária que alguns o chamavam de mago. E até diziam que uma vez Alzir tinha esculpido uma estátua de madeira que, passados três dias, ganhou vida e saiu pelo bosque, onde de quando em quando se diverte assustando os caçadores de veados.

Alzir trabalhava para a casa do rei, porque os reis de Uzal, embora tão cruéis e perversos quanto Heron, não tinham perdido o gosto pelo luxo e pela riqueza, muito pelo contrário. E Alzir fazia para a casa real belos móveis de cedro, ébano e sândalo, maravilhosamente esculpidos, com adornos de ouro e prata. E não havia nada que pedissem a Alzir que ele não fosse capaz de fazer.

E Alzir cobrava caro por seu trabalho, e sob o chão de sua choupana enterrara grandes barricas cheias de moedas de ouro, pois era avarento.

Pois bem; Alzir tinha um filho, um menino chamado Gabriel. E Gabriel era justamente o oposto do pai, que por esse motivo o castigava com frequência. Gabriel não amava o trabalho nem o dinheiro. De noite saía às escondidas da casa de seu pai e ia deitar-se à beira de um rio, no coração do bosque, onde os cervos iam beber ao luar. E Gabriel os conhecia pelo nome, e os chamava, e eles não o temiam. E de dia o menino se deitava à sombra de uma árvore, onde lia nos livros sagrados, com o coração tomado de piedade, a maravilhosa História da Morte dos Pássaros.

E embora Gabriel nunca tivesse visto um pássaro, nem tampouco seu pai, e ninguém os tivesse visto desde o tempo do rei Heron, Gabriel começou a sonhar com os pássaros. E às vezes apareciam como pequenos seres humanos, às vezes com galhos, como os arbustos, ou reluzentes e arredondados, como os seixos que havia na beira do rio. E embora Gabriel nunca tivesse ouvido um pássaro cantar, às vezes ele os ouvia cantar em sonhos, com vozes agudas como as das crianças, ou graves como o som do vento entre os galhos e o murmúrio do rio entre as pedras. Assim sonhava Gabriel.

Mas sua alma sabia que um pássaro era outra coisa, embora não conseguisse imaginá-lo, e no fundo de sua alma sentia como um oco aberto para receber a forma, e a cor, e o canto verdadeiros de um pássaro.

E então Gabriel rogou ao deus Tamil, a quem nunca pedira nada, que devolvesse a vida aos pássaros, que os trouxesse de volta do bosque encantado para alegrarem a vida de seu povo.

E como ele era uma criança, o deus Tamil escutou o seu apelo.

E um dia em que Gabriel estava no bosque, mais triste do que nunca porque seu pai o repreendera por não querer aprender o ofício de marceneiro, ouviu por perto algo que nunca tinha ouvido, e que era ainda mais doce que a voz do vento entre os galhos e a voz do rio entre as pedras.

E sem que ninguém lhe dissesse, Gabriel soube que era a voz de um pássaro.

E ergueu a cabeça e viu uma forma que nunca vira, e cores que nunca imaginara em seus sonhos.

E soube que era um pássaro porque alguma coisa preenchia o fundo de sua alma. E ele o chamou, e o pássaro pousou em seu ombro, e assim andaram juntos o dia todo pelo bosque, Gabriel louco de alegria e o pássaro cantando.

E quando a noite caiu voltou para sua casa e entrou silenciosamente, para que seu pai não o ouvisse. Mas seu pai estava esperando por ele, acordado, e assim que o viu entrar e viu o que trazia na mão, perguntou:

— O que é isso?

— Um pássaro — balbuciou o menino.

Ao ouvir essa resposta, Alzir soltou uma gargalhada e exclamou:

— Os pássaros não existem. Morreram há cinco mil anos.

— É um pássaro — repetiu Gabriel.

Alzir riu novamente e disse:

— Pois então, se é mesmo um pássaro, deve saber cantar. Assim dizem os livros. Anda, diz para ele cantar.

Mas o menino permaneceu calado, e então Alzir arrebatou-lhe a avezinha e apertando-a rudemente ordenou:

— Canta!

E então a ave cantou, e Alzir a escutou maravilhado, porque nunca ouvira nada igual. Mas logo o assombro deu lugar à avareza. Alzir pensou que tinha um tesouro nas mãos e que poderia tornar-se imensamente rico fazendo os outros ouvirem o canto do pássaro e cobrando por suas canções. E junto com a avareza veio o temor de que a ave escapasse de suas mãos, ou de que o menino a libertasse enquanto ele dormia. E então perguntou a Gabriel:

— Com o que ele canta?

E Gabriel respondeu:

— Com o bico e a garganta.

Mas ao ver a cara do pai, percebeu o que estava pensando e sua alma se encheu de terror, pois adivinhou que seu pai mataria o pássaro para descobrir o segredo de seu canto e possuí-lo para sempre.

E então caiu de joelhos e pediu-lhe que não o matasse. Mas Alzir o empurrou e entrou em sua oficina e fechou a porta à chave. E por mais que Gabriel batesse na porta a noite inteira, ele não abriu. E dentro da oficina começou-se a ouvir como Alzir afiava seu escopro e sua plaina, e como fundia o ouro e a prata. E depois se ouviu um único golpe e um grito de agonia, e então Gabriel arranhou a porta com as unhas e chorou desesperadamente. Mas foi tudo inútil.

E mais tarde ouviu a voz de seu pai que dizia:

— Ossos, nada além de ossos... — e bufava com desdém, enquanto começava a manipular seus martelinhos de joalheiro e cobria de ouro e de prata a garganta e o bico do pássaro sacrificado.

E ao alvorecer o trabalho estava terminado, e como Alzir era o maior artífice do reino, fez uma obra-prima. Encerrou a garganta do pássaro numa caixa de ébano e pôs-lhe uma boquilha de ouro, para que, ao levá-la aos lábios e soprar, a música brotasse dela.

E então Alzir dirigiu-se ao palácio, mandou chamar o rei e reuniu os sacerdotes e o povo na praça e anunciou que, por obra de sua arte, ressuscitara a música dos pássaros.

E o rei lhe disse que, se assim fosse, podia considerar-se o homem mais rico do reino.

Gabriel seguira seu pai à distância, com a alma cheia de tristeza, e viu a multidão reunir-se ao seu redor para ouvir o maravilhoso canto do instrumento fabricado por Alzir. E no exato instante em que Alzir o levava aos lábios, Gabriel caiu de joelhos e suplicou ao deus Tamil, a quem nunca pedira nada além da volta dos pássaros, que não permitisse a mentira.

E como era uma criança, o deus o escutou.

E quando Alzir levou o instrumento aos lábios, uma única nota brotou dele. E quando se ouviu aquela nota, uma nuvem de pássaros desceu sobre a cidade e os campos, inundando tudo com seu canto. E os ruidosos pardais voltaram à velha cerejeira do rei Heron, e da pena azul que os sacerdotes haviam conservado em memória de uma antiga rainha brotou um papagaio multicolorido, mais hábil em discursos que os ministros do rei. E os fundidores do rei reconstruíram os sinos, que dali em diante nunca mais deixaram de tocar quando ao entardecer os pastores voltavam com seus rebanhos e os homens descansavam dos trabalhos do dia. E ao alvorecer ouviram-se novamente os martelos e as bigornas dos ferreiros, e assim renasceu toda a música, e a felicidade voltou ao povo de Uzal. E o próprio Alzir, ao ver o prodígio, curou-se de sua avareza e foi um homem justo pelo resto da vida.

Mas acrescenta a lenda que o maravilhoso instrumento de Alzir nunca mais voltou a tocar, e que, em compensação, Gabriel andou muitos anos pelos bosques, seguido por um bando de pássaros que pousavam em sua cabeça e em seus ombros e comiam de suas mãos.

(1954)

Conto para jogadores

Saiu mesmo o 10 — um 4 e um 6 —, quando ninguém mais esperava. Para mim dava na mesma, fazia tempo que tinham me deixado liso. Mas correu um murmúrio grosso entre os jogadores encostados na mesa de bilhar e na roda dos mirões. Renato Flores ficou branco e passou o lenço xadrez pela testa molhada. Depois recolheu com movimentos pesados as notas da aposta, alisou uma por uma e, dobrando todas em quatro, de comprido, foi encaixando entre os dedos da mão esquerda, onde ficaram como outra mão rugosa e suja entrelaçada perpendicularmente à dele. Com calculada lentidão colocou os dados no copo e começou a sacudir. Um duplo vinco vertical lhe partia o cenho escuro. Parecia remexer num problema cada vez mais difícil. Por fim, encolheu os ombros.

— Como quiserem... — disse.

Ninguém mais se lembrava da latinha barateira. Jiménez, o dono do local, assistia de longe sem coragem de lhes refrescar a memória. Jesús Pereyra se levantou e atirou sobre a mesa, sem contar, um monte de dinheiro.

— A sorte é a sorte — disse com uma luzinha assassina no olhar. — Vai sendo hora de acabar.

Eu sou homem de paz; assim que ouvi aquilo, tomei o canto junto da porta. Mas o Flores baixou a vista e se fez de desentendido.

— Tem que saber perder — disse Zúñiga em tom de sentença, colocando uma notinha de cinco na mesa. E acrescentou com malícia: — Afinal, estamos aqui para nos divertir.

— Sete passes seguidos! — comentou, admirado, um dos que assistiam.

Flores o mediu de cima a baixo.

— Você sempre rezando! — disse com desprezo.

Depois tentei puxar pela memória a posição que cada um ocupava antes de o caldo entornar. O Flores estava longe da porta, contra a parede dos fundos. À esquerda dele, no sentido da rodada, estava o Zúñiga. Na frente, separado pela mesa de bilhar, o Pereyra. Quando o Pereyra se levantou, mais dois ou três fizeram o mesmo. Eu achei que estavam interessados no jogo, mas logo vi que o Pereyra tinha os olhos cravados nas mãos do Flores. Os outros olhavam para o pano verde onde iam rolar os dados, mas ele só olhava para as mãos do Flores.

O monte das apostas foi crescendo: era nota de tudo que é tamanho, e até umas moedas que um dos de fora colocou. O Flores parecia vacilar. No fim, soltou os dados. O Pereyra não olhava para eles. Não tirava os olhos das mãos do Flores.

— Quatro — cantou alguém.

Nessa hora, não sei por quê, me lembrei dos outros lances do Flores: 4, 8, 10, 9, 8, 6, 10... E agora, de novo 4.

O porão estava cheio de fumaça de cigarro. O Flores pediu para o Jiménez lhe trazer um café, e o outro saiu resmungando. O Zúñiga sorria maldosamente olhando para a cara de ódio do Pereyra. Encostado na parede, um bêbado acordava de quando em quando e falava com voz pastosa:

— Aposto dez contra! — depois voltava a pegar no sono.

Os dados triscavam no copo e rolavam sobre a mesa. Oito pares de olhos rolavam atrás deles. Até que alguém exclamou:

— Quatro!

Nessa hora baixei a cabeça para acender um cigarro. Em cima da mesa tinha um abajur verde. Eu não vi o braço que espatifou a lâmpada. O porão ficou às escuras. Depois rebentou o tiro.

Eu me encolhi todo no meu canto e pensei lá comigo: "Coitado do Flores, era sorte demais". Aí senti uma coisa rolando no chão até bater na minha mão. Era um dado. Apalpando no escuro, achei o par.

No meio do corre-corre, alguém se lembrou dos tubos fluorescentes do teto. Mas quando acenderam a luz, não era o Flores o morto. Renato Flores continuava de pé com o copo na mão, na mesma posição de antes. À sua esquerda, tombado em sua cadeira, Ismael Zúñiga tinha um balaço no peito.

"Erraram o Flores", logo pensei, "e acertaram no outro. Não tem jeito, o cara está com sorte."

Vários foram lá erguer o Zúñiga e o deitaram sobre três cadeiras enfileiradas. O Jiménez (que acabava de descer com o café) não quis que o colocassem sobre a mesa de bilhar para não manchar o pano. De todo jeito, já havia mais nada a fazer.

Fui até a mesa e vi que os dados formavam um 7. No meio deles, um revólver calibre 48.

Como quem não quer nada, tomei o rumo da porta e subi a escada de mansinho. Quando saí na rua já tinha um monte de curiosos e um milico que virava a esquina correndo.

Naquela mesma noite me lembrei dos dados, que ainda estavam no meu bolso — isso que é ser distraído! —, e comecei a jogar sozinho, só de brincadeira. Passei meia hora sem tirar um 7. Olhei bem para eles e vi que faltavam alguns números e sobravam outros. Um dos "mandracos" tinha o 3, o 4 e o 5 repetidos em faces opostas. O outro, o 5, o 6 e o

1. Com aqueles dados era impossível perder. Era impossível na primeira jogada, porque não tinha como formar o 2, o 3 e o 12, que são perdedores no lance de saída. E era impossível nos seguintes porque não tinha como formar o 7, que é o número perdedor do segundo lance em diante. Aí me lembrei que o Flores tinha dado sete passes seguidos, e quase todos com números difíceis: 4, 8, 10, 9, 8, 6, 10... E no último, de novo um 4. Nem um ponto perdido. Nenhum tombo. Nos quarenta ou cinquenta lances que deve ter jogado, não tirou um único 7, que é o número mais saidor.

Só que quando eu fui embora os dados sobre a mesa formavam um 7, e não um 4, que era o último número que tinha saído. Ainda estou vendo, bem clarinho: um 6 e um 1.

No dia seguinte sumi com os dados e me mudei para outro bairro. Se me procuraram, não sei; por um tempo não tive mais notícias do caso. Até que um dia fiquei sabendo pelos jornais que o Pereyra tinha confessado. Diz que uma hora ele percebeu que o Flores estava roubando. O Pereyra tinha perdido muito dinheiro, porque costumava apostar alto, e todo mundo sabia que ele era mau perdedor. Só naquela sequência, o Flores tinha embolsado mais de três mil pesos dele. Apagou a luz de um tapa. No escuro, errou o tiro e, em vez de matar o Flores, matou o Zúñiga. A mesma coisa que eu pensei de cara.

Só que dali a pouco tiveram que soltar o Pereyra. Ele falou para o juiz que o fizeram confessar à força. Tinha muita coisa estranha. Claro que é fácil errar um tiro no escuro, só que o Flores estava bem na frente dele, a uma distância que não devia passar de um metro, enquanto o Zúñiga estava do lado. E teve um detalhe a seu favor: os cacos da lâmpada estavam atrás dele. Se fosse mesmo o Pereyra quem tivesse metido o tapa — disseram —, os cacos teriam caído do outro lado da mesa de bilhar, onde o Flores e o Zúñiga estavam.

O caso ficou sem solução. Ninguém viu quem bateu no abajur, porque todo mundo estava de olho nos dados. E se alguém viu, ficou quieto. Eu, que podia ter visto, justo naquela hora baixei a cabeça para acender um cigarro, que nem cheguei a acender. Não acharam digitais no revólver nem conseguiram saber de quem era a arma. Qualquer um dos que estavam em volta da mesa — e eram oito ou nove — podia ter atirado no Zúñiga.

Eu não sei quem foi que o matou. Seja quem for, tinha alguma conta a acertar com ele. Agora, se eu quisesse jogar sujo com alguém numa mesa de passe inglês, sentaria à esquerda dele e, na hora que eu perdesse, trocaria os dados legítimos por um par daqueles que achei no chão, enfiaria no copo e passaria para o felizardo. O sujeito ganharia uma vez e ficaria contente. Ganharia duas, três vezes... e continuaria a ganhar. Por mais difícil que fosse o número do lance de saída, sempre iria se repetir antes de tirar o 7. Se deixassem, ele ganharia a noite toda, *porque com esses dados é impossível perder.*

Claro que, se fosse eu, não tinha esperado para ver o fim da história. Iria para casa dormir e no dia seguinte ficaria sabendo pelos jornais. Experimente ganhar dez ou quinze passes numa companhia dessas! É bom ter um pouco de sorte; ter sorte demais, nem tanto, e forçar a sorte é perigoso...

É isso, eu acho que foi mesmo o Flores quem matou o Zúñiga. De certo modo, foi em legítima defesa. Ele o matou para que o Pereyra ou qualquer um dos outros não acabasse com ele próprio. O Zúñiga — por causa de algum velho rancor, quem sabe — tinha colocado os dados falsos no copo, *condenando o Flores a ganhar a noite inteira*, a roubar sem saber, condenando-o a ser morto, ou a dar uma explicação humilhante que ninguém aceitaria.

O Flores demorou para perceber; no início achou que era pura sorte; depois foi ficando nervoso; e quando entendeu a treta do Zúñiga, quando viu que o Pereyra se levantava e não tirava os olhos das mãos dele, para ver se voltava a trocar os dados, viu que só lhe restava uma saída. Para se livrar do Jiménez, pediu para ele um café. Esperou a hora certa. E a hora certa era quando voltasse a sair o 4, como fatalmente teria que sair, e quando todos se inclinassem instintivamente sobre os dados.

Então ele quebrou a lâmpada com um golpe do copo, puxou o revólver com aquele lenço xadrez e deu o tiro no Zúñiga. Deixou o revólver sobre a mesa, recuperou os "mandracos" e os jogou no chão. Não tinha tempo para mais nada. Não podiam perceber que ele tinha passado a noite roubando, mesmo que fosse sem saber. Depois enfiou a mão no bolso do Zúñiga, procurou os dados legítimos, que o outro tinha tirado do copo, e quando os tubos fluorescentes já começavam a piscar, os jogou sobre a mesa.

Dessa vez, sim, levou um tombo: tirou um 7 do tamanho de um bonde, que é o número mais saidor...

(1953)

OS CASOS
DO DELEGADO LAURENZI

Simbiose

— O país é grande — disse o delegado Laurenzi. — Vemos campos cultivados, desertos, cidades, fábricas, gente. Mas o coração secreto das pessoas, nunca chegamos a entender. E isso é assombroso, porque eu sou policial. Ninguém está em melhor posição para ver os extremos da miséria e da loucura. Acontece que o policial também é um ser humano. Passado um tempo, cansamos, deixamos as coisas deslizarem sobre nós. Sempre as mesmas elipses concêntricas, as mesmas paixões, os mesmos vícios. Com três ou quatro palavras, explicamos tudo: um crime, um estupro ou um suicídio. Olhe, queremos que nos deixem em paz. Ai do senhor se me aparecer com um problema que não possa ser resolvido em termos simples: dinheiro, ódio, medo! Eu não posso tolerar, por exemplo, que o senhor saia por aí matando gente sem um motivo razoável e concreto.

O delegado, obviamente, falava em presente histórico. Faz oito anos que se aposentou.

— Obrigado — respondi, mesmo assim. — Vou levar seu aviso muito em conta.

— Bom, isso é o que eu penso. Mas, cedo ou tarde, um homem que anda pelo mundo remexendo em coisas obscuras assiste ao nascimento de algo monstruoso. Veja bem: não digo uma coisa, um ser material. Pode ser uma ideia, um sentimento, um determinado ato por si só aberrante. Pode ser tudo isso ao mesmo tempo.

Fez uma pausa que aproveitou para aumentar a pressão barométrica com a fumaça deletéria do seu cigarro de tabaco negro. Estávamos no café de praxe, na mesa de sempre.

— Certas atmosferas — concluiu, espiando com os olhos encapuzados o efeito que suas palavras provocavam em mim — geram monstros.

Sorri. O delegado, nessa noite, mostrava certa propensão para o sensacionalismo.

— Estou falando sério — insistiu. — Já lhe contei que me jogaram feito pião sem corda por todas as delegacias do país?

— Não.

— Não — repetiu. — Seria uma longa história. Mas pode acreditar.

— Uma vez — disse o delegado Laurenzi — fui parar numa cidadezinha de Santiago del Estero, a uns oitenta quilômetros da capital. Um vilarejo sujo com uma única rua apontando na invariável direção do vento e onde a poeira nunca acaba de baixar. Não tinha água. Às vezes passava meio ano sem chover. Quando chegava o trem com os vagões-pipa, as mulheres e as crianças formavam uma fila maltrapilha e resignada.

"Tudo tinha a cor da terra: os rostos, as mãos, as coisas. Por mais que a gente fechasse as portas e as janelas, não podia impedir a sorrateira invasão da poeira. Dali a duas horas havia uma camada de pó sobre os móveis, os vidros, a roupa: uma película esbranquiçada, quase invisível, mas inexorável e triunfante. Acho que com o tempo chegava a adquirir uma projeção anímica.

"Quase toda a população tinha sangue indígena. Nos arredores vegetavam algumas madeireiras. Isso quer dizer que durante a semana inteira o vilarejo, deserto de homens, ficava adormecido. O senhor sabe como é o sono dos povoados do interior.

"Aos domingos, a coisa ficava animada. Chegavam os mateiros. Para nós, na delegacia, aumentava o trabalho. Aconteciam atritos, desavenças. Ou aquelas intermináveis discussões em que dois homens sob efeito da bebida, embaixo de um sol de rachar, falam de tudo e não se entendem em nada, ainda que finjam aceitar os argumentos do outro para em seguida contrariar. No fim apelavam para o facão, e aí chegávamos nós, a polícia. Depois, a curandeira.

"Mas na manhã seguinte estava tudo morto de novo. Nem uma alma viva na rua, as portas fechadas, e o sol calcinante e eterno. Como um palco vazio onde periodicamente se representasse a mesma cena. Porque aquela animação dominical é que era irreal. A realidade permanente era a outra.

"Eu tinha me acostumado àquela imobilidade, àquela apatia, àquela quase inexistência. É muito estranho, porque eu era um homem de Buenos Aires. No entanto, cheguei a dilatar toda resolução, a reduzir meus movimentos ao mínimo indispensável. Logo me transformei na imagem acabada do delegado tomando *mate*.

"Eu era feliz. Tudo andava perfeitamente. Até que aconteceu essa história brutal que vou lhe contar."

Seu café tinha esfriado. Tomou-o de um gole, fazendo uma careta.

— Não sei — disse — se o senhor já viu um incêndio no campo. Às vezes ardem léguas inteiras de pasto. A gente olha para o horizonte e vê as colunas de fumaça. De noite é como um imenso cinturão de fogo, belo e terrível. O que aconteceu foi uma coisa assim, mas em outro plano. Pode achar engraçado, mas não encontro outras palavras para chamar aquilo: um inconcebível incêndio de almas.

"Não — antecipou-se —, não é uma imagem poética. As chamas arrancam da toca todo tipo de animal feroz. Deixam um rastro de cheiros pestilentos. Aqui também houve um pouco disso."

O delegado pigarreou e acendeu mais um cigarro. Tem o dom natural da pausa dramática. Talvez por isso eu lhe disse que devia se dedicar a escrever contos para revistas. Ele dá risada e responde que deixa a tarefa para gente como eu. Conhecendo seus maus bofes, presumo que seja um jeito dissimulado de me insultar.

— É evidente — prosseguiu — que os primeiros sinais do que estava acontecendo me passaram despercebidos. Devo atribuir esse descuido, por um lado, à inércia que me dominava e, por outro, ao fato de eu continuar sendo um forasteiro para o povo do lugar. O caso é que uma tarde percebi com espanto que o domingo estava chegando ao fim, e não havia ninguém no vilarejo. Por longos períodos eu não tinha noção do dia em que estava. Uma vez por semana, me acordavam os gritos dos mateiros, e aí eu sabia que era domingo. Mas hoje a rua estava deserta desde o amanhecer. O cabo e os dois guardas não tinham aparecido depois do meio-dia.

"Fui até o armazém, e o encontrei fechado. Nas casas não havia luz. Senti como se tivesse ficado completamente sozinho num lugar deserto. Sabe o que fiz? Tomei meia garrafa de cana e fui dormir."

O delegado deu uma risada áspera.

— Na tarde seguinte apareceu o cabo e me contou o que estava acontecendo. E foi aí que eu ouvi falar do Iluminado pela primeira vez. Acho que os jornais de Buenos Aires, mais tarde, o chamaram assim. O senhor deve se lembrar como se divertiram com o caso.

"O Milagreiro (disse o cabo) estava a umas duas léguas do vilarejo, num rancho à beira do velho leito do rio. E por todos os caminhos e picadas ia chegando gente para vê-lo. Gente doente: entrevados, aleijados, cegos, homens e mulheres cobertos de chagas e de pústulas. Gente pobre, esfarrapada, com uma caterva de cães de igual condição.

"Começava a entardecer quando nós aparecemos. Olhe, eu nunca vi nada igual. Pensava que coisas assim só acontecessem naqueles países esquisitos que aparecem nos noticiários."

— A Índia — intercalei. — A procissão anual às águas do Ganges.

— Se o senhor está dizendo... — admitiu. — Bom, lá estavam perto duas mil pessoas, em círculo, numa clareira da mata. E sabe o que estavam fazendo? Rezavam! Estavam ajoelhados e rezavam...

"Aquelas vozes, se o senhor tivesse escutado... Era como um rugido no deserto que chegava em rajadas potentes, histéricas, com um quê indefinivelmente doloroso. Só a muito custo consegui reconhecer as palavras familiares. 'Santa Maria, Mãe de Deus, rogai por nós, pecadores...'

"E aquele homem, o Milagreiro, colado ao tronco de uma árvore no centro do círculo, tão imóvel que os galhos pareciam brotar de seu corpo, e as folhas, do seu rosto afogueado por um crepúsculo violento.

"Quando terminou a reza, houve um grande silêncio. Apenas um choro quase imperceptível saía de algum canto da multidão. Então o Iluminado se adiantou e começou a falar. Era inacreditável. Escute o que eu lhe digo: inacreditável.

"Não me lembro das palavras exatas que ele disse, e em todo caso não importam, porque era a voz dele, aquela melopeia áspera e ao mesmo tempo irresistível, o que hipnotizava a multidão.

"Mas havia mais alguma coisa. Uma espécie de relação telepática. Não posso descrever aquilo de outro modo. De outro modo não tem explicação o diálogo em que aquele velhinho absurdo (eu agora o via perfeitamente de cima do meu cavalo: a barbinha rala e amarela de nicotina, os olhos saltados) dirigia uma pergunta à multidão, e ela respondia no ato, sem vacilar.

"Quase todos os redentores, como o senhor sabe, falam na mesma linguagem, uma linguagem que nós, homens sensatos, em circunstâncias normais ouvimos com absoluta frieza, ou com um sorriso. Não vou lhe pedir, portanto, que repare nas palavras que ele e a multidão trocaram naquela tarde, mas no mecanismo dessa comunicação.

"— Qual é o nosso pão? — perguntava o beato.

"— A fome! — rugia a multidão.

"— E a nossa água?

"— O medo!

"— E a nossa esperança?

"— O milagre! O milagre!

"Ele prometia o milagre àquela gente, um longo e difuso milagre que lamberia todas aquelas cabeças vencidas, aqueles membros ulcerados. Acaso o velho rio não voltaria ao seu antigo leito? Acaso não desabaria o céu, naquela mesma noite, numa chuva purificadora e benfazeja? De braços abertos traçava imaginárias riquezas, fertilidades impossíveis.

"Olhe, se nessa hora eu não tivesse percebido que já estava anoitecendo, se não tivesse visto o último sol ardendo entre o mato, se não tivesse sentido o frio imperceptível que invadia o ar, acho que teria ficado lá indefinidamente, escutando aquele homem esfarrapado e sujo, suspenso de suas palavras, como o último dos mateiros. Eu, o homem da cidade, da civilização.

"Já falei do fedor que reinava naquele acampamento inconcebível? E das moscas e mutucas que pairavam em nuvens espessas? Certamente foi isso que me fez tomar a decisão. Comecei a abrir caminho com o cavalo por entre o povo.

"— Licença pra otoridade! — gritava o cabo estalando vigorosamente o chicote.

"E assim chegamos até o profeta. Acredite, quando ele não falava, era um homenzinho insignificante. Ficou me olhando de soslaio, com aqueles olhos saltados e astutos, as mãos cruzadas contra o peito.

"Eu falei para ele... Que é que eu podia dizer? Olhe, amigo, vá embora, que é melhor para o senhor. Não agite essa pobre gente. Vão todos se empestear com tanto ajuntamento.

"Pensa que ele se deu por achado? Nada! Começou a mexer os braços e balbuciar incoerências. Por que o perseguiam? Acaso ele não era enviado para curar os pobres? E outras baboseiras do gênero.

"Olhei em volta e só vi rostos ameaçadores, mãos escuras no cabo dos machados. De certo modo, aqueles pobres-diabos eram minha gente, eu tinha me acostumado a lidar com eles e a compreendê-los. Agora se revelavam completos estranhos. Sem dúvida teriam feito picadinho de mim se tivesse levantado a mão contra aquele indivíduo. Até o cabo, que sempre tinha sido fiel como um cão, começava a me olhar com desconfiança e reprovação. Uma voz gritou para eu ir embora. Depois mais uma, e outras, muitas. Um torrão se espatifou contra o pescoço do meu cavalo.

"E aconteceu algo pior, uma coisa que até hoje não consigo entender. Eu pensava, e continuo pensando, que aquele sujeito não passava de um farsante, que meu dever era botar ele na cadeia, ou pelo menos afastá-lo. Mas por um momento, um inacreditável momento, senti aquela vergonha, aquele sentimento de culpa que deve assaltar a quem persegue um inocente.

"Já era de noite quando atravessei o acampamento. Brilhavam fogueiras. E a voz do beato repetia um lúgubre estribilho:

"— Meu sangue é a cura de todos os males. — Ou algo parecido.

"Quando cheguei no vilarejo, despachei um telegrama pedindo tropas do exército. Que é que eu podia fazer? A qualquer momento ia rebentar uma epidemia que levaria metade daqueles infelizes para o túmulo..."

Fez uma longa pausa, como se pensasse em deixar a história inacabada.

— Bom — pressionei —, mas o que aconteceu com o Milagreiro?

— Foi morto — disse o delegado Laurenzi. — Foi morto naquela mesma noite.

Pediu uma bagaceira dupla e a bebeu cerimoniosamente antes de prosseguir a narração.

— Entre a primeira e a segunda vez que fui ao acampamento — disse —, se passaram doze horas. E nessas doze horas aconteceram algumas coisas estranhas. A morte desse pobre-diabo, claro, e o nascimento do monstro e os rastros que ele deixou na lama, e...

— Um momento! — gritei. — Que brincadeira é essa, delegado? Primeiro o senhor dá uma de Lucio V. Mansilla, ou, se preferir, de Esteban Echeverría,[1] e pinta um deserto incomensurável, aberto etc., onde a poeira nunca acaba de baixar. Depois pretende reencarnar Mary Shelley. E agora sai falando em rastros na lama...

— Choveu naquela noite — murmurou impassível. — A coisa mais estranha. Em seis meses, não tinha caído um pin-

---

[1] Autores, respectivamente, de *Una excursión a los indios ranqueles* e "La cautiva", dois clássicos da literatura sobre o deserto argentino. (N. dos T.)

go. Mas naquela noite choveu horrores. Até correu água no valão, como se o rio tivesse voltado ao velho leito.

— Não — devolvi. — Não. Não é possível.

Ele ficou olhando para mim achando muita graça, enquanto eu balançava a cabeça com obstinação.

— O que não é possível?

— Que o Iluminado fosse autêntico. Que o milagre tenha acontecido. Que o senhor pretenda introduzir uma nova religião oficial, em claro detrimento de Mãe María e Pancho Sierra.[2] Que ainda por cima tente me converter. Palavra de honra que nada disso é possível.

— Pense o que quiser — disse suavemente, chamando o garçom e iniciando aquele vago gesto de pagar que eu sempre completava. — Do ponto de vista policial, que era o da realidade direta, que era o meu, o morto se chamava Varela, andarilho e vagabundo com muitas e frequentes passagens pela polícia de San Luís, Córdoba e Tucumán, por prática de curandeirismo.

— Melhorou — aprovei. — Como foi que o mataram?

— Com uma facada na carótida. Limpinha, se quer saber. Mais parecia uma incisão do que um corte.

— Perfeito. Agora me explique essa história do monstro.

— O senhor não acredita, não é?

— Fatos, delegado. Fatos.

— Bom. Os fatos são fáceis de enunciar. Parece que assim que começou a chover, Varela foi até o rancho e se deitou. Pelo menos foi lá que o encontraram na manhã seguinte, estirado por cima de umas mantas. Ao lado tinha um cofre aberto, vazio.

---

[2] María Salomé Loredo e Francisco Sierra, dois curandeiros ligados à tradição espírita argentina, cultuados como santos populares. (N. dos T.)

"Restava achar o criminoso entre centenas de pessoas. Ainda bem que chegou uma companhia de soldados, e com isso pudemos impedir a debandada. Mas ainda assim ninguém queria falar.

"Por isso fiquei tão animado quando descobrimos os rastros. Eram umas pegadas que seguiam pela beira do valão e terminavam na frente do rancho. Com um pouco de sorte, pensei, seria fácil encontrar o assassino.

"Minha animação durou pouco. O cabo, que era meio baqueano, disse que nunca tinha visto pegadas como aquelas. E me fez notar que eram muito profundas, muito afundadas na terra.

"— Isso quer dizer que estamos procurando um gordo — comentei.

"Não me pareceu muito convencido. Parecia até assustado, supersticioso. O fato é que o gordo não apareceu. Quero dizer que não apareceu ninguém capaz de duplicar aquelas pegadas no mesmo terreno. Para isso, segundo o cabo, precisava ser um homem que pesasse entre cento e trinta e cento e cinquenta quilos. E ele estava convencido de que não era um homem.

"Enquanto isso, o clima no acampamento começava a deteriorar. Rebentavam brigas que os soldados mal conseguiam controlar. Quando vieram me dizer que tinham encontrado um homem com manchas de sangue na camisa, pensei que tudo ia se esclarecer.

"Mas não foi assim. Era um aleijado. Tinha paralisia nas duas pernas, uma lamentável cara de idiota e só fazia sorrir. Era evidente que não podia ter caminhado até a choça nem deixado aqueles rastros. Quanto às manchas de sangue, tinha se machucado com uma faca. Me mostrou a faca e me mostrou o ferimento, pouco profundo, que tinha feito no braço enquanto dormia.

"Foi aí que apareceu uma velha dizendo que, de madrugada, tinha visto o diabo rondando o acampamento. Calcule o crédito que eu podia dar a uma história dessas. Mas, naquela altura, era a única coisa que eu tinha.

"Era evidente que a mulher falava a sério, estava muito assustada. Tinha visto o diabo, disse, e sem dúvida era o diabo que tinha levado o santo, porque não podia suportar que fizesse milagres. E como ele era? Muito alto, garantiu, e encurvado, e o senhor não vai acreditar, mas tinha duas cabeças. Bom, ele sempre aparecia na forma que mais lhe convinha. Se ela tinha se assustado? Não está vendo que mal consigo falar... Tremia e fazia o sinal da cruz.

"Eu estava farto daquilo tudo, pode acreditar.

"No fim me trouxeram um cego, pois tinham encontrado muito dinheiro com ele, e até anéis e relicários de ouro. Quem sabe tivesse tirado tudo aquilo do cofre do morto. Mas ele declarou que os valores estavam sob sua guarda, e não ia dizer de quem eram. Então ameacei botar ele no xadrez, por acobertador.

"O cego era muito esperto. Nem se abalou com as minhas ameaças.

"— Acobertador, pode até ser — respondeu. — Cego infeliz também. Mas delator, nunca!

"— E será que não foi você mesmo que matou o curandeiro?

"— Quem sabe — devolveu. — Mas aí teria que explicar como fiz para atravessar todo o acampamento, com aquele monte de gente dormindo no chão, sem pisar em ninguém. Para uma pessoa que não enxerga, isso é impossível.

"Nisso apareceu o tenentinho que mandava nos soldados para me perguntar o que íamos fazer com aquela gente toda. Não podíamos segurá-los por mais tempo; não tinham nem o que comer.

"Falei que podia mandar todo mundo para casa, porque o caso já estava resolvido.

"Não vou insultar sua inteligência — concluiu o delegado Laurenzi com um sorriso maligno — dando a solução, que o senhor sem dúvida já adivinhou."

— Minha inteligência, senhor delegado, prefere ser insultada — informei secamente.

— Vou lhe dar uma dica — disse o delegado, como num programa de perguntas e respostas. — O depoimento da mulher foi decisivo. O culpado era aquele monstro de duas cabeças.

— O diabo? — interroguei com profundo sarcasmo.

— Se o senhor quiser, mas só em sentido figurado — respondeu com perfeita equanimidade. — Veja, é muito simples. Uma cabeça era a do aleijado. Outra, a do cego que o carregava nas costas. Nenhum dos dois podia ter chegado por conta própria à choça do Varela. Mas os dois juntos...

— Entendo — interrompi. — Muito simples. O cego utilizou as pernas; o aleijado, os olhos e as mãos. Mas sua técnica narrativa é deplorável — acrescentei, procurando uma ilusória desforra. — O senhor recorreu ao grotesco literário para relatar um crime vulgar com o mais batido dos motivos: o roubo.

— O senhor acha isso — disse enquanto saíamos para a rua — porque se atém às interpretações mais superficiais. Eu lhe falei de um monstro, e o senhor acha que me referia exclusivamente a essa estranha simbiose do cego com o paralítico. Então perdi meu tempo quando lhe avisei, de saída, que o monstruoso podia residir numa ideia.

"As duas cabeças elaboraram ideias muito diferentes sobre o suposto Iluminado. A do cego, que era essencialmente a cabeça de um incrédulo, chegou à conclusão de que Varela, sendo um farsante, fazia dinheiro com seus sermões e falsos milagres. Portanto, valia a pena matá-lo para lhe tomar o dinheiro. Até aí, o senhor acertou. Mas a outra cabeça do monstro bicéfalo era a de um crente absolutamente elementar.

"Como tantos outros curandeiros, Varela usava aquelas frases espetaculares que constituem o repertório universal do engodo. Lembre o que ele disse: 'em meu sangue está a cura de todos os males'. Essa foi a última sentença que ouvi dele, e foi fatal.

"Porque o paralítico, o crente elementar, o simples idiota do doce sorriso, levou aquilo ao pé da letra."

(1956)

A armadilha

O delegado Laurenzi derrubou os cinco pinos, fez quatro carambolas e encaçapou a minha bola.

— O senhor acredita no diabo? — perguntou à queima-roupa.

— Acabo de mudar de opinião — devolvi com certa amargura. — Até agora, não acreditava.

Ele, já distraído do jogo, lançou um olhar espantado para o pano verde da mesa de bilhar.

— Fui eu que fiz isso tudo? — perguntou.

— Eu é que não fui.

A partida tinha terminado.

— Bela vitória — cumprimentei-o sem convicção.

— É verdade — devolveu com absoluta convicção. — Mas o senhor acredita no diabo?

— Não.

— Eu acredito.

— Já viu o dito-cujo?

— Vi e ouvi.

— Que aparência ele tem?

— Não seja superficial. O senhor deveria saber que certas coisas não podem ser descritas pela aparência. A aparência que elas têm é a forma do seu engano.

Pendurou o taco pesarosamente e voltamos para a mesa de costume. O delegado, como sempre, pediu um café e uma bagaceira.

— Vamos lá, por que não acredita no diabo?

Os casos do delegado Laurenzi invariavelmente começavam assim, com uma pergunta um tanto absurda.

Eu o toureava de propósito:

— Porque é um conceito medieval. Foi desprestigiado pela ciência. Ele não teria nada a ensinar aos simples mortais. Olhe, eu conheço um homem totalmente comum, mas que tem as ideias mais atrozes.

— E ele as conta para o senhor?

— Para alguém ele tem que contar. Se não, explodia. Eu publico as histórias, mas trocando seu nome. Além do mais, ele nunca lê o que eu escrevo.

— Nem eu.

— Seu pensamento — prossegui, sem fazer caso da interrupção — segue sem esforço pela ladeira da perversidade. Para esse homem, o diabo não teria nada de novo a ensinar.

— E para o senhor?

— Eu já escutei uma gorda dando uma conferência sobre psicologia infantil por quatro horas a fio num dia de calor. Já encaminhei processos em repartições públicas. Tenho trato privilegiado com agiotas. Ando todo dia de ônibus. Como pode ver, tenho cidadania no inferno.

Soltou uma risada asmática.

— Sorte sua! — disse. — Olhe, vou lhe contar um caso que aconteceu aqui, em Buenos Aires, antes de eu me aposentar, e depois o senhor me diz.

— Se for história de assombração, deixe para lá. Eu só cultivo o conto policial. Para o gênero fantástico, é preciso talento.

— Concordo plenamente — disse com ironia. — Mas é um caso policial. Eu que investiguei.

— E o resolveu?

— Resolvi — respondeu —, dentro do humanamente possível. Mas escute o que eu lhe digo: nunca queira chegar ao fundo da verdade, de nenhuma verdade. A verdade é como a cebola: tira-se uma camada, e mais outra, e quando se tira a última, não resta mais nada.

Comentei que ele tinha errado de vocação.

— O senhor — prosseguiu impassível — já deve ter visto essas casas antigas, senhoriais, com um pátio imenso no meio. Ainda restam algumas em Flores.

— Nunca vi, mas capto a ideia. A lenda ainda acrescenta uma parreira. Os poetas chegam a colocar um poço...

— ... e uma figueira. Isso mesmo. Essa não tinha poço, e a figueira estava seca.

— Lamento, delegado, mas não posso acreditar. O senhor cria deliberadamente um clima bíblico. Não é a primeira vez que me fala em figueiras secas.

— Gervasio Funes se casou duas vezes. Sua primeira mulher, antes de morrer, deixou dois filhos: uma menina e um menino. A segunda, uma filha.

— Agora está falando como Pérez Galdós. Do que morreu a primeira?

— Gastrite.

— Arsênico...

Quando estou com o delegado Laurenzi, tudo o que ele diz desperta em mim análogas reações. Como num desses testes psicológicos, ele diz "acidente", e eu penso: "assassinato". Ele diz "suicídio", e eu penso: "forjado".

— E a segunda?

— Fratura do crânio. Escorregou no pátio.

— Martelada.

Com o delegado é preciso estar alerta. Sempre tenta surpreender com um final imprevisto.

— Elas deixaram dinheiro?

— Muito. Por coincidência, as duas mulheres eram ricas.

— Claro...

— Olhe aqui — soltou de repente —, eu acho que o

senhor está levando tudo para o lado errado. Esse homem de que estou falando não matou ninguém. Ele foi a vítima.

Ressaltei gentilmente que eu não tinha afirmado o contrário.

— Mas pensou — replicou decididamente. — E o que o senhor pensa faz quase tanto barulho quanto o que diz. Vai me deixar continuar a história sem me interromper com o pensamento?

"Bom, a morte da segunda mulher parece que o abalou demais. Funes se tornou um recluso. Quase não saiu mais do quarto, um cômodo sem móveis, só com uma mesa, um par de cadeiras, uma cama de ferro e um colchão miserável que nem chegava a cobri-la por inteiro. Os vizinhos e os filhos dizem que vivia lá trancado. A luz o incomodava. Fechava as venezianas e, quando precisava, acendia uma vela para iluminar."

— Numa palavra, endoidou.

— Vai saber. Não sei quem disse que os loucos com dinheiro são chamados de excêntricos. O fato é que esse homem tinha umas tantas manias. Algumas já eram conhecidas, outras foram descobertas mais tarde. A certa altura parece que se pegou com a religião.

— Que tipo de religião?

— Poucos concordam nesse ponto. Uns dizem que era ocultista. Achamos alguns livros de espiritismo, ou coisa que o valha. Eu não entendo disso. Mas Rosario, a filha mais velha, garante que uma vez viu o pai rezando para uma pequena imagem de madeira representando o diabo.

— Como ela conseguiu ver essa cena?

— Esse é outro detalhe curioso da história. Os filhos o espiavam.

— Coitado.

— Nem tanto. Todos o tremiam. Era capaz de prorromper em terríveis maldições e juras de meter medo. Ninguém sabe por que a voz do velho lhes infundia tanto pavor. Sem sair do quarto, ele tinha os filhos nas mãos.

— Deviam odiar o pai.

— Sem dúvida. Quando morreu, confessaram alívio. Quer dizer, todos menos Merceditas.

— A caçula?

— Exato.

O delegado sugou seu cigarro e lançou uma baforada de fumaça acre e negra. Sua voz se tornou reminiscente.

— Pobre moça. Parecia destruída.

— Tinha olhos azuis?

O delegado se sobressaltou.

— Hein?

— Olhos azuis.

— Hum, tinha, sim. E era loira, e nessa época não passava dos dezessete. Era belíssima.

Vi-me na obrigação de sorrir. O delegado Laurenzi bebeu a bagaceira e pigarreou estrondosamente.

— Funes só deixava seu quarto no primeiro do mês. Das onze à uma, ele dava plantão na sala de visitas. Era proprietário de várias casas, e nesse dia os inquilinos compareciam para pagar o aluguel. Para Funes, era quase um ritual. Em seus últimos anos tinha concebido um amor feroz pelo dinheiro.

"Os filhos viviam se queixando. Ricardo mais do que todos. Era estudante de direito, já homem-feito, e o velho só lhe dava uns trocados para o bonde. A cada dois anos lhe comprava um terno e um par de sapatos.

"Rosario tinha que fazer milagres para cobrir as despesas da casa com a miséria que o pai lhe dava. No fim se viu obrigada a aceitar encomendas de costura, que fazia em casa. Também costurava sua própria roupa e a da irmã.

"A situação, como pode imaginar, era explosiva. Uma fortuna ao alcance das mãos, e aquele homem insensato zan-

zando em seu quarto, como uma aranha na toca, repetindo aos gritos: Austeridade! Parcimônia! Contenção nos gastos!

"Com frequência o ouviam falar sozinho dentro do seu quarto. Rosario disse que às vezes ela também chegou a ouvir outras vozes. Mas a coitada estava com os nervos transtornados.

"Ricardo tinha gênio violento. Um dia, um primeiro de mês, esperou o pai na sala. Estava pálido e furioso. Disse que as coisas não podiam continuar assim, que Funes, com sua maldita avareza, estava semeando ideias ruins na cabeça de todos. Que qualquer dia...

"Rosario, que foi quem me contou tudo isso, disse que nessa hora só pensou em fugir, espavorida, porque temia o pior. Trancou-se em seu quarto e tentou ligar o rádio para não escutar os gritos. Mas o rádio não estava funcionando. E não teve outro remédio senão escutar as horrendas imprecações do pai, que chamava Ricardo de assassino e lhe ordenava que saísse para sempre de sua casa. Pouco depois viu passar o irmão, humilhado e vencido, a caminho do seu quarto, que ficava nos fundos.

"Rosario era todo um personagem. Quarentona, pergaminhada, franzina, quase transparente, passou a vida inteira entre as quatro paredes da casa, sem conhecer homem nem distração. No passado talvez tivesse sido bonita, mas já não era. Enfim, um típico fruto daquela 'criação à moda antiga' que às vezes ainda ouvimos alguém elogiar...

"Essas mulheres, como o senhor sabe, desenvolvem uma curiosidade incansável. Ela espiava os vizinhos através das persianas da sacada e o pai pelo buraco da fechadura. E nesse dia, como todo início de mês, terminada a cobrança, ela o viu suspender o magro colchão que cobria a cama de ferro, enfiar as mãos ávidas, passá-las sobre o estrado num movimento circular e tirar grandes maços de notas de banco que empilhou sobre a mesa. Viu-o contar o dinheiro, com um brilho úmido nos olhos, à esquálida luz da vela, juntar o arrecadado naquela manhã e voltar a esconder tudo embaixo do colchão. A essa altura, eram duas horas da tarde.

"O velho costumava dormir a sesta.

"A porta estava trancada, e Funes tinha a chave no bolso. Mais tarde pudemos comprovar isso.

"Rosario voltou para seu quarto, que ficava em frente ao do pai, com o pátio no meio. O dormitório de sua irmã dava para a rua, e o de Ricardo, como já disse, para os fundos. Ela se sentou diante da máquina de costura, de porta aberta. Depois me garantiu que *não viu ninguém passar.*"

— Isso é importante?

— De certo modo. Depois de uma hora, mais ou menos, Rosario diz que ouviu um grito no quarto de Funes. Atravessou o pátio correndo e colou o ouvido à porta. Dentro se ouviam barulhos como de luta e, segundo ela, palavras confusas do velho.

— O que ele dizia?

— Implorava que o soltassem. Rosario diz que nunca vai se esquecer do terror que havia em sua voz.

— Ela voltou a espiar?

— Voltou. Mas o que ela conseguiu ver lhe tirou esse costume pelo resto da vida. Funes estava sobre a cama e seu corpo se convulsionava em movimentos frenéticos. Saltava e rebatia feito uma bola. Parecia lutar contra um inimigo atroz e invisível que o segurava pelo braço. O quarto estava quase às escuras, entende? Nessa penumbra, Rosario viu faíscas verdes e azuis saindo pelos dedos e pelos cabelos do velho, que estavam arrepiados como pelo de gato. Mais tarde ela me disse, chorando, que ele parecia possuído pelo demônio.

"De repente aquela força brutal que o sacudia o deixou cair sobre a cama como um couro seco, como um boneco quebrado e lamentável.

"Tudo isso deve ter durado uns poucos segundos. Rosario não sabia em que momento começou a gritar. E só parou quando viu seu irmão investindo contra a porta até derrubá-la. Logo em seguida chegou Merceditas.

"Entraram ao mesmo tempo. A coitada da Rosario me disse depois que havia um fedor insuportável. De queimado e..."

— E? — perguntei, ansioso.

— Enxofre.

O delegado apagou o cigarro nos restos já frios do café. O chiado da brasa ao se extinguir me deu arrepios.

— Funes estava morto. Ricardo logo percebeu, ao pôr a mão sobre seu coração e verificar que não batia. Rosario escolheu esse momento para desmaiar. Apoiou-se no encosto da cama, mas as pernas fraquejaram.

"O irmão a ergueu nos braços e a levou para o seu quarto. Chamou um médico vizinho e a polícia.

"Quando voltou ao quarto de Funes, com o médico, encontrou Merceditas ajoelhada diante do cadáver, rezando, com as mãos entrelaçadas contra o peito. A moça se levantou, olhou para o pai pela última vez e saiu em silêncio, sem fazer o sinal da cruz. Quando Ricardo me contou essa cena, confesso que me impressionou. Já lhe disse que Merceditas parecia uma Madona do Renascimento? Não, acho que não, porque em geral evito essas comparações. Mas neste caso não há outra. Virginal e recolhida em sua dor, com as mãos postas num gesto de resignação, os olhos azuis e sem lágrimas, mas para sempre cegos à felicidade... Hum..."

O delegado tossiu, coçou a nuca, correu os olhos pelas demais mesas, bocejou exageradamente e fez menção de pegar seu guarda-chuva no cabide do café.

— Bom — disse —, realmente ficou tarde. Foi assim que Funes morreu.

Olhou-me com um sorriso maroto.

— E agora, acredita no diabo, ou não?

— Um momento! — gritei. — Vai me dizer que sua história acabou?

— Praticamente, sim.

— Olhe aqui, delegado — anunciei com intenso rancor —, se o senhor pretende me fazer acreditar que foi o diabo que carregou esse velho doido, juro que nunca mais jogo cinco-pinos com o senhor!

Uma expressão de alarme despontou em seus olhos.

— Então vamos por partes — disse. — O que o senhor acha?

— Acho que ele foi assassinado por um dos filhos. É isso que eu acho. E o senhor vai me dizer qual foi!

— Eu já não disse? — perguntou com absoluta inocência.

— Se disse, não escutei.

— Funes morreu eletrocutado ao tocar na cama de ferro.

— Impossível — exclamei. — O velho tinha tocado nela antes, ao tirar as notas de debaixo do colchão, e não lhe aconteceu nada. Rosario a tocou depois, ao desmaiar, e também não lhe aconteceu nada. Portanto, a cama não estava eletrizada.

— Não estava eletrizada *antes* nem *depois*, mas sim na hora certa.

— O senhor disse que a porta estava trancada e que ninguém passou por lá.

— Isso mesmo.

— Nesse caso, Funes se suicidou. Ninguém além dele podia...

— Não. Ele foi assassinado. Eu não lhe disse que, quando ele e Ricardo começaram a discutir, Rosario correu para o quarto dela e ligou o rádio?

— E o rádio não estava funcionando.

— Isso mesmo. Só que mais tarde constatei que o rádio

funcionava perfeitamente. Portanto, a explicação é que *naquele momento* não havia corrente elétrica em nenhuma das instalações da casa. Tinha sido desligada pelo assassino, com a chave geral da entrada.

— Para quê?

— Logo vai ver. Embaixo da cama, perto do rodapé, havia uma tomada. De manhã, enquanto Funes atendia seus inquilinos, o criminoso desligou a chave, ligou naquela tomada um plugue com um fio e prendeu a ponta desse fio na perna da cama.

"Todos na casa sabiam que de tarde Funes dormia sua sesta. Como eu já disse, a cama dele era de ferro, e o colchão não chegava a cobri-la por completo. O assassino calculou que em algum momento, enquanto dormia, o velho encostaria a mão na cama... Então bastava religar a chave geral, fora do quarto, a vinte metros de distância, para que a cama se eletrizasse..."

— Um plano diabólico — admiti com um calafrio.

— Eu não disse? Mas quando cheguei, não havia nenhum fio no quarto de Funes. Foi a primeira coisa que procurei.

— E não encontrou?

— Só mais tarde. Do contrário, nunca teríamos podido provar nada.

— Entendo — suspirei. — Bom, o velho merecia, de certo modo. Pobre rapaz. Calculo que deve ter pegado vinte e cinco anos, pelo menos.

Olhou para mim com infinito assombro.

— De quem está falando?

— Do Ricardo, claro.

— Ricardo era inocente.

— Ah — disse com amargura. — Eu devia ter imaginado. Rosario, coitada da Rosario...

— Não.

— *Merceditas!* — exclamei furioso.

Olhou-me com enorme tristeza.

— Pensei que tivesse percebido. Eu não disse que, quando cheguei, o fio e o plugue tinham sumido?

— Disse, mas...

— Ela era a única pessoa que podia ter tirado de lá, a única pessoa que ficou por um instante sozinha no quarto, quando Rosario desmaiou e Ricardo a levou nos braços. Quando ele voltou com o médico, deram com ela de joelhos diante do cadáver, como se estivesse rezando. O que acabava de fazer, na verdade, era recuperar a prova do crime. Ela a mantinha apertada contra o peito, entre as mãos entrelaçadas. Depois se levantou e saiu, mas sem fazer o sinal da cruz. Quando uma pessoa acaba de rezar, faz o sinal da cruz, não é? Mas ela não fez, porque aí teriam visto o que ela escondia entre os dedos...

"Merceditas tinha uma tremenda penetração psicológica, uma agudeza quase diabólica. Sabia que seu pai, assim que se trancasse no quarto, tiraria o dinheiro que escondia embaixo do colchão, para juntar o que acabava de receber e contar tudo, com típica desconfiança de avarento. E sabia que nesse momento Rosario estaria espiando. Mais tarde Rosario juraria que a cama não estava eletrizada. Merceditas teve a precaução de esperar um tempo antes de religar a chave. Quando ouviu o tumulto, tornou a cortar a eletricidade. Não queria que nenhum de seus irmãos caísse fulminado. O inimigo era o pai.

"Entende a situação? A autópsia concluiria que Funes tinha morrido eletrocutado. Mas nós, a polícia, não poderíamos provar como. Pense, o quarto estava trancado à chave. Rosario viu o pai mexer na cama impunemente, e quando eu cheguei, a prova do crime tinha desaparecido...

"O que me deu a pista foi aquela declaração inocente de Rosario. O rádio que não estava funcionando... Entrei no quarto de Merceditas, o mais próximo da entrada e da chave geral da luz. Calculei que ela devia ter tirado o fio de algum aparelho elétrico e que depois o recolocara. Havia lá um abajur, um aquecedor e um relógio elétrico. O abajur e o relógio estavam intactos. Mas quando me inclinei sobre o aquecedor, notei que o fio estava descascado na ligação com o aparelho, e que seus filamentos de cobre mostravam um brilho inconfundível. Alguém tinha manipulado aquele fio recentemente.

"Naquele momento ouvi um gemido e, ao me virar, deparei com Merceditas apoiada contra a parede, ao lado da porta. Tinha levado uma mão à boca e me olhava com um ódio insuportável. Já não era bonita. Tinha o rosto contraído e cinzento. Parecia velha. Quando começou a falar, senti um frio na espinha. Falava com voz monótona, quase inaudível, mas percebi que me insultava. Ela me insultava com as palavras mais sujas que já ouvi na vida. O ódio delirava em seus olhos. De seus lábios brotava um fio de baba.

"Depois deu um grito e foi ao chão. Tinha se envenenado. Agora acho que adivinhei tudo desde o primeiro momento, quando a vi levar a mão à boca, mas não fiz nada. Mais tarde, isso me preocupou por algum tempo. Quem sabe se eu tivesse chamado o médico, que ainda estava na casa..."

Pegou seu guarda-chuva e saímos. A chuva repicava nos toldos da avenida de Mayo.

— Ainda há uma coisa que me intriga — disse o delegado Laurenzi.

— Na sua história?

— Na sua — respondeu. — Aquele seu amigo, o que inventa histórias atrozes. Eu o conheço?

Agora foi minha vez de bancar o misterioso.

— Sim, ouso dizer que o conhece.

— Quem é?

— Eu já não disse?

— Se disse, não escutei.

— O senhor, delegado — respondi. — Quem senão o senhor?

(1957)

Zugzwang

Coitado do delegado Laurenzi! Cada coisa que ele tem que aguentar... Quanto tempo faz, por exemplo, que eu venho explorando suas recordações? Ele só fala, eu escrevo. "Não tem bicho mais perigoso que o homem que escreve", costuma dizer olhando-me de esguelha. "Explora os amigos, explora a si mesmo, explora até as pedras. Alguma coisa é sagrada para ele? Alguma coisa é intocável? Conhece a piedade? Conhece a simples decência? Não. E tudo para ver seu nome estampado em algum lugar. Gente estranha..."

Quando o delegado Laurenzi fica assim, eu me limito a sorrir. Sempre sustentei que todo homem leva dentro um demônio, e às vezes mais de um.

No bar Rivadavia, onde nos encontramos quase toda noite, se jogam muitas coisas. O delegado prefere o bilhar italiano. Eu prefiro o xadrez.

Dessa irredutível diferença já saiu de tudo: desde o patético mate Pastor até o mais feroz esparramo de bolas e pinos.

Diante do tabuleiro, o delegado pratica um jogo solapado e simples. Quero dizer que ele cultiva a rasteira e a paulada pelas costas. Sério, impávido, paquidérmico, até que pega você desprevenido. Aí seus olhinhos brilham, e ele fica sentencioso e pedante, fala de uma misteriosa tia Euclidia que lhe ensinou a jogar o pouco que sabe... A essa altura, você ainda pode abandonar a partida com dignidade. Se cair na besteira de continuar, as gargalhadas do delegado ecoarão no café, seus ditos acenderão o sorriso dos garçons, acudirão os infalíveis mirões, comentarão que você está perdido, aventarão supostas jogadas salvadoras.

— Parem de encher a paciência, por favor! — você grita então. — Sapo de fora não chia!

E você joga. E perde. Com a sutil satisfação de errar por conta própria.

— Hehe, barba e cabelo! — comenta então o delegado, sorrindo modestamente, e olha ao seu redor como que convidando todos a olhar. Nesses momentos de euforia, se deixarem, ele é até capaz de pagar um café.

Claro que esse não é o rumo normal dos acontecimentos. As estatísticas mostram que ele ganha uma de cada cinco partidas que jogamos. Ontem à noite, por exemplo, dei-lhe mate em poucos lances.

— Mexa alguma peça! — pressionei com fina ironia.

— Não posso — queixou-se. — Qualquer peça que eu mexer, estou perdido.

— Está em posição de *zugzwang* — adverti.

— Claro, em saguão... Nem queira saber como estou cansado esta noite — esclareceu bocejando ostentosamente e varrendo suas derrotadas peças com um delicado movimento da mão esquerda. — Bela vitória.

— Bela surra — repliquei sem misericórdia.

— Nem tanto ao mar... nem tanto à terra. A vida tem situações curiosas — disse Laurenzi, depois de se consolar com uma bagaceira dupla. — Posições de saguão, como o senhor diz.

— *Zugzwang*, delegado!

— Isso mesmo — respondeu sem se alterar. — Pois vejamos, o senhor que é uma pessoa lida, o que é uma posição de saguão?

— A posição de *zugzwang* — expliquei —, no xadrez, é aquela em que o sujeito perde porque é obrigado a jogar. Perde porque qualquer movimento que fizer é ruim. Perde não por causa do que seu adversário faz, mas por causa do que ele é obrigado a fazer. Perde porque não pode, como no pôquer, dizer "passo" e deixar o outro jogar. Perde porque...

— Chega, meu filho, eu já sei o que é. Não acabei de ver? Eu pedi uma definição, e o senhor me vem com seis ou sete. Mas uma delas é bonita. *O sujeito perde porque qualquer coisa que fizer é ruim*. Na vida também.

— Caçoleta, delegado. Como assim?

— Veja, é muito simples. Suponha que diante de uma situação qualquer há dois modos opostos de agir, A e B. Normalmente, se A é bom, B é ruim, e vice-versa. Claro como a água. Mas, às vezes, A é ruim e B *também* é ruim.

— E o que é bom, delegado?

— Nada — disse tristemente. — Nada...

"É uma história longa e absurda — murmurou Laurenzi, acariciando o bigode. — Mas tem algo a ver com essa partida que o senhor acabou de ganhar, e por isso vou lhe contar.

"Eu venho aqui desde o tempo em que o senhor era criança. Vinte anos atrás já se jogava xadrez nestas mesas. Essa linguagem que o senhor escuta, essas frases feitas que não ouviria em nenhum outro lugar, essas piadas que ninguém de fora entenderia, foram se formando com o tempo. Um hábito, um conforto, um laço indefinido mas forte..."

— Uma tradição — interrompi.

— Pode rir, se quiser. Esse era o esquema. O conteúdo é um acúmulo de coisas que estão além do jogo. Aqui vieram homens tristes, homens sombrios, homens preocupados, homens prestes a tomar alguma decisão terrível. O senhor os descobriria, com um simples olhar?

— É impossível — admiti. — Ninguém nos reconhece com um simples olhar. São necessários tantos olhares, e tantas palavras, e tamanha profusão de gestos, e...

— Então não me interrompa — disse com uma hostilidade que não cheguei a entender. — Era — prosseguiu sem transição — um homem grisalho, magro, de pouca conversa. Por essa época, e estou falando de quinze anos atrás, ele devia ter por volta de sessenta anos. Sempre o vi com o mesmo terno, mas impecavelmente limpo e bem passado. Também usava bengala, uma velha bengala de madeira lisa e lustrosa, de ponta ferrada. Cito esse detalhe porque eu viria a saber, casualmente, que era uma arma mais perigosa do que parecia. Ele a usava, disse, para se defender dos rapazes, das patotas... Quem sabe?

"Nunca jogava xadrez, mas dava a impressão de ser entendido, porque percorria todas as mesas com cara de inteligente e, se alguém pedia sua opinião, respondia com um lance exato.

"Parece que o estou vendo, apoiado em sua bengala, com a cabeça imperceptivelmente inclinada, em desordem os cabelos cor de aço, os olhos claros e luminosos e a aparência de um sorriso nos lábios.

"Chegava sempre na mesma hora, cumprimentava, circulava entre as mesas, observava as partidas, cumprimentava, ia embora. Não se dava com ninguém. Todos o consideravam um excêntrico. Mas eu, como o senhor sabe, sempre me interessei pelos velhinhos esquisitos.

"Levei três meses para passar do cumprimento às impressões sobre o tempo. Levei mais seis meses para saber seu nome — chamava-se Aguirre — e um pouco de sua vida. Nessa época ele me dedicava trinta segundos ao entrar, antes de ir olhar as partidas. Foi uma felicidade para mim o dia em que consegui que se sentasse para tomar um café. Eu acabava de me aposentar da polícia — explicou com uma careta

— e já sentia esse tédio, essa gastura que me faz falar de qualquer coisa, com qualquer um.

"Uma das primeiras coisas que lhe perguntei foi por que não jogava xadrez. Ele corou. Então percebi que o que eu tinha tomado por orgulho era uma exagerada timidez.

"— Eu jogo por correspondência — respondeu.

"— Como é isso?

"— Muito simples. Existe uma federação internacional de xadrez por correspondência. O senhor pede lá que lhe atribuam um adversário do seu nível. Então lhe fornecem o endereço desse adversário, que pode estar na Nicarágua, ou na Austrália, ou na Bélgica; e o senhor escreve para ele indicando qual é sua primeira jogada. Ele responde, e assim começa a partida, que pode durar meses ou anos, dependendo do tempo que as cartas demoram para chegar. A mais longa que já joguei levou quatro anos e meio. Foi com um pescador de Hong Kong.

"— E nessa correspondência — perguntei — os parceiros só trocam a anotação das jogadas, ou também falam de outras coisas?

"— Em geral falamos de outras coisas, quando há uma língua em comum, além da anotação enxadrística, que é praticamente universal. Agora, por exemplo, posso lhe dizer com mais exatidão que os jornais qual é a situação na Ásia, graças ao pescador de Hong Kong. Qualquer dia lhe mostro minhas partidas."

O delegado Laurenzi fez uma pausa, pediu mais um café e acendeu mais um cigarro de tabaco negro.

— Entre a promessa e o cumprimento da promessa — prosseguiu pouco depois —, se passaram vários meses. Um dia ele me convidou para ir à casa dele. A casa era um simples quarto mobiliado numa espécie de hotel. Havia ordem lá, mas uma ordem que era fruto da vontade, não do entusiasmo. Não sei se me entende. Todo aposento reflete de certo modo o caráter de quem o ocupa. Aqui, para lhe dar um exemplo, os livros estavam caprichosamente alinhados nas estantes, mas embaixo do guarda-roupa se entreviam umas sombras esverdeadas que, me dói dizer, eram garrafas vazias. E um calendário, num canto, eternizava o mês de novembro de 1907. Pequenas coisas, claro, mas eu tenho o hábito profissional de observar... E tinha ainda aquele rosto de mulher. Era a primeira coisa que se via ao entrar. Estava colocado sobre a escrivaninha de tal maneira, a luz da janela o iluminava com tão delicada precisão, que era impossível não ver, e padecer, no ato, aquele rosto, que era o de uma velha fotografia, que era o fantasma de um tempo morto e amarelo, sonho do pó retornado ao pó, mas ainda comovedoramente jovem e belo...

— Delegado — lembrei-lhe —, o regulamento da Polícia Federal o proíbe de falar desse modo.

— Era, tinha sido a mulher dele — prosseguiu sem fazer caso do meu comentário —, María Isabel... O senhor sabe como as velhas fotos são feias, de modo geral. Mas esta não, porque tinha sido tirada ao ar livre, numa rede junto de uma árvore, e a moça não estava com um daqueles terríveis chapéus de antigamente, e a árvore estava florida e uma estranha luminosidade iluminava o ambiente.

— O senhor se apaixonou por ela — provoquei.

— O que fica dos mortos? — disse. — Porque ela estava morta, e seu lugar exato no tempo só com uma piedosa ficção meu amigo podia abstrair daquele mês de novembro de 1907 em que ela se jogou na frente de um trem. Meu amigo ficou só, e então entendi o que era aquele mecanismo que instintivamente pressentia nele, e que eu vinha procurando com essa obstinação de cão farejador que às vezes me envergonha.

— Por que ela se matou?

— Por uma dessas histórias fúteis e antigas. Um homem

a conquistou e a abandonou, e depois sumiu. Ela não achou outra saída.

— E o sedutor?

— Era um estrangeiro. Voltou para seu país. Ela não disse seu nome a ninguém. Mas a história inteira, ou quase inteira, seria conhecida mais tarde, por uma dessas fabulosas coincidências. Naquela tarde em que Aguirre me convidou para ir à casa dele, me mostrou uma partida por correspondência iniciada fazia pouco tempo, e que já o preocupava muito.

"— Não sei como me meti nessa situação — disse. — Conheço a posição como a palma da minha mão, e sei que estou perdido. E mais, esta partida já foi jogada. Posso lhe indicar a página exata do Griffith onde ela aparece, com uma ou duas transposições, e ainda lhe dizer quem a jogou, e em que ano. À primeira vista, o senhor não observará grande coisa: é uma luta equilibrada. Mas daqui a oito lances não terei mais o que jogar, estarei numa típica posição de *zugzwang*. E sem ter trocado uma única peça. É de morrer de rir.

"— Mas se o senhor conhecia a partida — inquiri, estranhado —, por que entrou nessa variante?

"— Aí é que está, aí é que está — disse amargamente. — Isso é o que mais me revolta. Eu vejo a armadilha e posso fugir, só que, mais do que a fuga, o que me atrai é o mecanismo da armadilha, tenho fascínio pela fechada perfeição da armadilha, e por mais que a vítima seja eu, arrisco um passo, e mais outro, para ver como funciona, e quando vou ver, já é tarde...

"— Mas — insisti — como sabe que seu rival vai ver todas as jogadas certas?

"— Ele vai ver, tenho certeza — respondeu sorrindo com alegria. — É um lince. É um demônio. Além disso, ele também conhece a partida.

"— Deixe eu ver as cartas — pedi num súbito impulso.

"Hesitou. Mas pouco depois me trouxe uma pasta com toda a correspondência: as cartas do seu inimigo e cópias em carbono das suas próprias. Eu gostaria que o senhor, Hernández, tivesse visto aquela pasta. As primeiras comunicações eram formais, lacônicas. Só uma breve apresentação e em seguida: 'Minha primeira jogada é P4R'. Ou: 'Confirmo o recebimento de sua 1.P4R. Respondo: 1.P4BD'. Mas logo essa mínima relação ia se ampliando, se desenvolvendo. Por baixo do frio esquema do jogo apareciam os traços individuais, as pessoas. Um dia era meu amigo que pedia desculpas pela demora em responder e mencionava uma breve doença. Depois era o Outro que se interessava por sua saúde e falava do clima de seu país, de sua cidade. Aos poucos surgiam lembranças, preferências, opiniões.

"Desse modo, eu também pude conhecer o Outro. Era um escocês de Glasgow, com um nome teatral: Finn Redwolf. Traçava com graça seu próprio retrato. Agora, dizia, era um velho achacoso e reumático, mas em sua juventude tinha sido irresistível para as mulheres e temível para os homens. Tinha estado em quase todo o mundo: no Congo, no Egito, na Birmânia... na Argentina? *Sure, fine country. I have been there too.*

"Lembro que esse reconhecimento de sua estada aqui só aparecia no final da oitava carta de Redwolf. Na décima, dava alguns detalhes: tinha estado a trabalho, como engenheiro da ferrovia inglesa, entre 1905 e 1907. Divertiu-se muitíssimo — acrescentava na décima sexta —, apesar de alguns contratempos. Havia uma moça, por exemplo... Bispo-Quatro-Bispo, xeque.

"Durante seis meses, meu amigo não apareceu no café. Até que fui vê-lo. Chamei à sua porta, e não me respondeu. Entrei assim mesmo. Deparei com ele sentado diante do tabuleiro, absorto. Sobre a mesa havia mais quatro cartas, escritas com a caprichada letra de Redwolf.

"A essa altura dos acontecimentos, a partida tinha se transformado numa lenta crucificação. Já não era um jogo: era uma coisa que dava calafrios. E Redwolf parecia se deleitar imensamente. 'Sua jogada é a melhor, mas não serve', repetia em cada carta, como um estribilho. Uma arrogância sem limites emanava de seus comentários e de sua análise. Tinha tudo previsto, tudo. Sem perceber, eu também comecei a odiar aquele sujeito. Como seria, como teria sido em sua juventude aquele velho reumático que agora, numa brumosa ilha a milhares de quilômetros, sorria maliciosamente? Eu o imaginei alto, o imaginei atlético, talvez ruivo, com um rosto magro, comprido, duro e bonito, com pequenos olhos verdes e cruéis...

"Mas havia algo pior, algo indefinível e sinistro, algo que parecia — eu diria — uma segunda partida simétrica e igualmente predestinada. O *outro plano*, entende? O plano pessoal, desdobrado em luta. De início resisti a acreditar, porque era muito absurdo, mas logo tive que me render às evidências. Havia ódio ali, havia um rancor instintivo de parte a parte. E esse conflito tinha misteriosas correspondências com a partida de xadrez, tinha o mesmo *crescendo*, idênticos prenúncios de catástrofe e aniquilação. Era como se Redwolf, movido por uma dessas manias dos velhos e dos solitários, não se conformasse em ganhar no tabuleiro; como se houvesse outra instância superior a dirimir e conquistar. Era um tempestuoso. Era um malvado, e o senhor já sabe a reserva com que uso essa palavra. Em cada uma de suas frases pulsava um sarcasmo. Mas era preciso esmiuçar a frase para descobrir o sarcasmo, e isso o tornava duplamente doloroso. Ah, antes meu amigo não fosse tão inteligente! Mas Redwolf desfraldava sua vida como uma bandeira, e o desafiava. Difícil saber o que não tinha feito. Falava nos tigres que tinha caçado na Ásia, nas negras que tinha violentado no Quênia, nos índios que tinha matado a tiros na Guiana. Às vezes parecia inventar, embora suas referências fossem sempre muito precisas. E de quando em quando, como um *leitmotiv*, ressurgia a lembrança de seus dois anos na Argentina, no início do século. Também aqui (ele dizia) tinha sido amado pelas mulheres. 'Especialmente por uma. Mas tive que deixá-la, o senhor entende. Foi uma aventura. *Lisbeth, I called her. Or Lizzie.*' Eu a chamava Lisbeth; às vezes, Lizzie.

"Aguirre se defendia como podia. Escamoteava detalhes do seu passado. Mas o outro voltava à carga. 'Fale-me do senhor. Seu país deve ter progredido muito. Deixamos boas ferrovias aí. A propósito, por que não abandona a partida? *You are lost, you know*. Está perdido.'

"Depois recaía na crônica dos seus amores. 'Lizzie tinha olhos lindos, indolentes e sérios. Seus olhos se arrependiam de seus lábios. E não só de seus lábios.' Redwolf, impávido, degradava com sutis indecências o velho tempo morto. Compunha abomináveis jogos de palavras (*lazy Lizzie*), trocadilhos, bravatas. Tinha toda uma técnica. A dimensão pessoal tinha passado para o primeiro plano. Começava arrasando tudo nesse plano, e depois, na última linha, passava para o outro, para a partida de xadrez, e assestava um novo golpe. Cavalo-Seis-Torre, *creek*. Xeque!

"— Eu também acho que o senhor está perdido, Aguirre — comentei.

"— Sem dúvida — respondeu em voz muito baixa. — Mas eu tive uma ideia, uma última ideia.

"Depois disso se passaram mais dois meses antes que eu reencontrasse meu amigo. Tinha recebido a carta com a jogada decisiva de Redwolf. Estava na clássica posição de *zugzwang* que ele tinha previsto. Não tinha saída.

"Contudo, não parecia tão desesperado como de outras vezes. Estava quase calmo. Pedi que me mostrasse a carta de Redwolf.

"'Presumo que a partida tenha terminado aqui', dizia o velho remoto, inverossímil. 'Duvido que o senhor queira jogar outra. Por isso devo me apressar a lhe contar o final da história. Lizzie se matou, e acho que foi por minha causa. Atirou-se à passagem de um trem. No esforço de evitar o acidente, o maquinista estragou os freios. Por uma dessas coincidências, coube a mim consertá-los. Eu tinha um carinho especial por aquela locomotiva. Também por Lizzie, mas a pobrezinha não era rival para nossos construtores de Birmingham. Devo lhe dizer, porém, que quando tomei conhecimento do que Liz havia feito, entendi que seu país estava entrando na civilização. No Congo, nada semelhante teria acontecido. Pobre Liz-Lizzie-Lisbeth. Ela me mostrou uma foto sua. Estava linda, numa rede junto de uma árvore. Já não me lembro se foi em outubro ou em novembro de 1907.'

"Hernández, o senhor vai me achar um idiota, mas só nessa hora é que me dei conta. Só nessa hora identifiquei aqueles nomes, aqueles diminutivos, como uma simples progressão aritmética: Liz, Lizzie, Lisbeth, Isabel, María Isabel.

"Aguirre estava muito pálido agora, e cravava os olhos no tabuleiro, na posição irremediável.

"— O que o senhor pensa fazer? — perguntei. — Qualquer coisa que fizer, perde.

"Virou-se para mim com um brilho estranho nos olhos.

"— Qualquer coisa, não — devolveu surdamente."

Eram quatro da manhã. Só restávamos o delegado e eu no café.

— A partida acabou aí? — perguntei. — A história acaba aí?

— Eu já lhe disse uma vez que nada acaba por completo, nunca. Mas se o senhor faz questão, posso lhe dar um provisório epílogo. Meu amigo sumiu por um bom tempo.

Quando voltou, disse que tinha estado no estrangeiro, e não explicou mais nada.

"Mas eu sou muito curioso. Lembra daquela bengala que ele sempre usava? Eu a desmontei na sua presença, tirei a ponta e apareceu o agudo gume do estoque. Ainda tinha uma mancha cor de tijolo, um fio de sangue coagulado. Ele me olhou sem rancor. Tinha recuperado o aspecto doce e tímido de uma criança.

"— *Redwolf, red blood* — disse mansamente. — Eu também sei fazer jogos de palavras.

"Os jornais ingleses comentaram durante algum tempo o assassinato de Finn Redwolf, em sua residência na Escócia, sem poupar detalhes escabrosos."

— Seu amigo sabia, ao começar a partida, que Redwolf era o culpado pela morte da María Isabel?

— Acho que não. Ele só devia saber que era um estrangeiro. Talvez tenha conseguido apurar que gostava de xadrez. Essa pode ter sido a causa secreta que o levava a jogar por correspondência, à procura do seu misterioso inimigo.

— O argumento não é ruim. Mas, para que sua história tivesse autêntico suspense, final surpreendente e tudo o mais, o sedutor castigado devia ser outro.

— O senhor, Hernández? — perguntou com desdém.

— O pescador de Hong Kong — respondi sem ênfase. — Mas e o senhor, delegado, o que fez quando ficou sabendo disso?

— Eu? Que é que eu podia fazer? Estava aposentado, e o crime aconteceu fora da minha jurisdição. E pensando bem, foi um crime?

"Que o acaso nunca o coloque diante desses dilemas. Se eu não denunciasse meu amigo, faria mal, porque meu dever era etc... Se o denunciasse e o prendessem, também faria mal, porque eu o justificava, de todo coração. Só posso lhe dizer que Aguirre morreu dois anos depois, e não na prisão, mas em seu quarto, de velhice, cansaço e mágoa. Mas em todo esse tempo me senti desconfortável, me senti numa dessas típicas posições... Bom, o senhor sabe."

Rimos juntos e saímos para a rua. Estava amanhecendo. Um garçom sonolento baixou a porta de metal do bar Rivadavia, como quem desce o pano.

(1957)

Os dois montes de terra

Foi grande o estrago que o turco Martín fez lá pelo ano quarenta e tantos, no município de Las Flores.

Cada vez deve ter menos gente que se lembra do turco, porque já naquela época todos os velhos estavam morrendo. Ele mesmo estava ficando velho e andava com dor nos ossos de tanto viajar na sua carroça, de Pergamino a La Ventana, de Pehuajó a Chascomús, ou a qualquer ponto da província que se possa imaginar.

Hoje ninguém sabe o que é mascatear quarenta anos por esses caminhos onde agora se veem cidades que nasceram depois dele.

Eu me lembro de quando era criança, a chegada do turco era a algazarra, o turco Martín com sua barba cor de tabaco, o sorriso de orelha a orelha, a boina basca, a cinta preta e as bombachas frouxas. Que desgraça estaria acontecendo se passasse um inverno e passasse um verão e não aparecesse sacolejando ao longe, envolta numa poeirada, a carroça do turco. Mas ele sempre voltava, com vidros de perfume por três pesos, uma bombacha oriental por seis, um arreio completo por quinze e bugigangas para os moleques, e pentes, vestidos e colares "para a patroa". Ele sempre voltava: "Tudo bem, Miguelito?", "E aí, Juan Delgado!", e os peões o cumprimentavam com a troça de sempre: "Ei, durgo, buronde andou berdido!", e ele ria mostrando os dentes da mesma cor da barba. Quantos pesos o turco perdeu jogando baralho, e também quantos ganhou, e quantas vezes ficou a pé, sem carroça nem mercadoria, talvez apostados num rei ou num valete arisco, e quantas moças ele carregou quando era rapaz, se bem que nisso ninguém mais acreditava, porque tinha sido em outros tempos e ele agora estava velho e falastrão.

Mas naquele ano aconteceu uma morte na fazenda de don Julián Arce, na divisa com Saladillo, e quando o rebuliço amainou, foram lembrar do turco.

Naquela época era recém-chegado a Las Flores um delegado de sobrenome Laurenzi, que vinha do sul, de quem se falavam muitas coisas boas e outras nem tanto. Por isso don Julián Arce quis conhecer o tal, e o diabo logo armou a ocasião. Acontece que um dia amanheceu morto a tiros o único colono que restava nas terras de don Julián, e ele logo quis que o caso fosse investigado, para não atiçar as más-línguas, porque é verdade que ele não se dava muito bem com o falecido. Por isso mandou um peão de carro até a vila para que lhe trouxesse o delegado, e quando olhou para ele, pareceu satisfeito. O delegado era um homem grandalhão, vestido como quem vai a um velório, um pouco encurvado e asmático.

Don Julián descreveu o morto com brevidade característica: um velho de m..., disse, emperrado em não lhe devolver a gleba que arrendava fazia muitos anos, uns duzentos hectares, onde ele queria criar gado fino.

— Todos os outros foram embora, porque eu paguei. Tive que comprar a minha própria terra, de um por um. Outros por aí chamam a polícia e os escorraçam no relho, mas eu gosto das coisas na lei.

— Assim é que deve ser — comentou Laurenzi, enrolando um cigarro pausadamente. — E esse homem não queria ir embora?

— De jeito nenhum.

— Quer dizer que agora o senhor vai recuperar a sua gleba.

— Vou. Mas no meio-tempo mataram o velho, e eu não quero essas coisas acontecendo nas minhas terras.

Estavam sentados na varanda da velha casa, e o delegado se sentia como que intoxicado pelo perfume sensual das glicínias e do jasmim. Aceitou um vermute com soda, que foi servido por uma empregada morena — a única mulher que o delegado chegou a ver naqueles lugares —, e entrecerrou os olhos. O sol deflagrava ofuscante na trilha branca onde só se mexiam algumas vespas cavadoras. Mais além, uma sóbria geometria ordenava o parque inglês, a horta, o viveiro de aves, o galpão das ferramentas e os currais.

— E se acontecem? — murmurou o delegado, cabeceando como se estivesse com sono.

— Se acontecem, quero tudo bem apurado.

Almoçaram quase em silêncio e depois saíram. O campo chegava a arder do calor que fazia. Pouco depois o delegado viu que tinha ardido mesmo. Don Julián o levou até o sítio do velho Carmen (era esse o nome do morto), e no caminho observou que uma gleba estava completamente carbonizada, onde ainda se elevavam pequenas colunas de fumaça.

— Uma desgraça chama outra — comentou o fazendeiro. — Quarenta alqueires de trigo. Começaram a queimar antiontem às duas da tarde.

O carro virou à direita, por uma estrada vicinal, e dali a cinco minutos estavam no rancho do velho Carmen, na frente de um cadáver comprido, magro e ossudo, com um casaco de couro furado à bala, custodiado por um homem de farda esfarrapada, um tal de Sosa. Era o guarda do povoado vizinho à fazenda. Segundo os papéis, servia o delegado, mas era só ver como ele seguia don Julián Arce com os olhos para saber quem era seu verdadeiro patrão.

Don Julián tirou o chapéu, olhou para o morto e depois encarou o delegado.

— Aí está — disse. — Apure quem foi, para que eu possa enterrar.

Laurenzi se aproximou do velho Carmen, e à primeira vista achou que tinha sido morto com um revólver calibre 38.

— Vamos ver que se pode fazer — respondeu. — O senhor me empreste o carro e um peão.

Don Julián o olhou, depois olhou para o guarda.

— O amigo Sosa vai para casa — disse Laurenzi —, e fica esperando até eu chamar.

— E o morto? — perguntou Sosa.

— Ninguém vai roubar. Deixe uma vela acesa, e amanhã o enterramos.

Então o delegado pegou o carro e um peãozinho, um rapaz loiro filho de colonos, e andou pelo povoado vizinho, pelo armazém, pelos ranchos, pela estação solitária e morta como uma ossada branca sob o sol de fogo, e por toda parte era o mesmo silêncio quando ele chegava, a mesma sensação de estar empurrando uma coisa mole que cedia, ou de estar vendo um reflexo na água, uma coisa que está e não está, que se vê e não se pode pegar. Os homens se trancavam em solilóquios incompreensíveis, havia copos demais no botequim, jogava-se truco com um vigor exasperado, os bêbados falavam de Yrigoyen em plena luz do dia, mas ninguém sabia de nada quando o assunto era a morte de don Carmen.

E no entanto, entre as reticências e os ditos, don Carmen ia despontando, enxuto e amarelo, solitário e mudo, entrelaçado na desgraça, um homem com uma charrete, um rancho e mais nada. Porque a mulher dele fugiu com outro dez ou quinze anos atrás, o filho morreu sabe Deus do quê ("apareceu um caroço no pescoço dele") e a filha que restava uma noite foi levada por um forasteiro que vinha de Nueve de

Julio, com uma tropa. O velho Carmen ficou sozinho com seu cachorro, e quando um belo dia também seu cachorro morreu, ele se fechou no rancho e não quis mais falar com ninguém, se não é que falava com os mortos, que era o que também diziam.

E isso foi tudo o que o delegado conseguiu apurar. Nem mesmo o peãozinho, que de saída tinha simpatizado com ele, foi capaz de dizer mais nada.

— E o que você acha de don Julián? — perguntou-lhe Laurenzi quando voltavam para a fazenda.

— Don Julián é um homem — disse o rapaz quase com orgulho.

— O que isso quer dizer, que ele não faz vocês dormirem no barracão dos couros, nem cevarem erva-mate usada e seca ao sol?

— Isso também é verdade — respondeu o peãozinho. — Mas o que don Julián sabe é respeitar.

Um homem firme como um mourão, que tinha chegado praticamente com a roupa do corpo, trinta anos atrás, quando essas terras eram uma solidão sem fim, e comprou um sítio abandonado que ele tornou produtivo; e depois uma várzea, que ele secou, ninguém sabe como, onde agora ondulava a água imaginária do linho; e depois a gleba que chamavam de "La Tigra", que depois seria o nome da fazenda, porque lá mataram uma onça em 1913; e por fim todos os sítios da redondeza, com ou sem colonos; levado por uma formidável força construtora que o queimava vivo, fazendo frente às pragas, aos homens e ao tempo, sem razão aparente, sem outra lei além daquela implacável de deixar coisas feitas à maneira humana, com astúcia, força e paciência; três mil hectares agora de bons pastos, três mil cabeças de gado, um bosque de acácias que dava gosto de ver, galpões, currais e canais de irrigação. E tudo isso mal lhe encurvara as costas, mal lhe queimara a pele e os olhos, e mesmo assim as pessoas tinham a impressão de que ele estava queimado de dentro para fora, naquela inextinguível paixão, ou o que fosse, que não lhe deixou tempo para ler um livro ou dormir com uma mulher, nem sequer para pensar quem ficaria com tudo aquilo, como se a ordem já não importasse, ele o centro e a justificação do mundo que construiu e da justiça que fez, ele, Julián Arce, enxertado de prepotência na seiva da aveia e do *sudan grass*, fluindo no sangue dos touros, circulando na água da rega e no tempo das estações, sócio igualitário das germinações e das cruzas, senhor de ferrar bezerro e gente, e de marcar com pique e mossa essa orelha e essa paisagem, essa aguada e aquele laranjal, e que a única mágoa que ia levar deste mundo era ter sido obrigado a depender e a dividir, não podendo fazer as plantas com seus próprios dedos.

Era esse o homem que estava falando, depois do jantar, na varanda onde colocara as cadeiras de vime e apagara o lampião para que os insetos não os perturbassem, e dizia, não para se queixar, mas para que o outro soubesse e tomasse pé da situação:

— O senhor semeia trezentos hectares de trigo, e quando as espigas já estão caindo de maduras um vagabundo para no caminho, acende fogo para fazer um *mate* e depois vai embora sem apagar. O trigo queima, e ninguém tem culpa. O senhor vacina o gado, mas seu vizinho não: as vacas do vizinho deixam sua baba na cerca, e quando o senhor vai ver, já tem um tendal de animais mortos. O senhor compra um carneiro fino, que custa seus bons pesos, e uma noite aparece um cachorro chimarrão e morde a peça, e o carneiro morre bichado.

O delegado virou um pouco a cabeça e olhou na penumbra o perfil do fazendeiro.

— Cachorros — disse.

Entre os cachorros dos sítios (explicou don Julián), das vilas e das próprias fazendas, alguns ficavam ferozes, sem explicação aparente. Saíam de noite, percorriam às vezes grandes distâncias para atacar um curral, derrubavam meia dúzia de ovelhas mordendo na garganta ou nos quartos traseiros e ao amanhecer voltavam furtivamente para o ponto de partida e para sua existência inofensiva. Os animais mordidos na garganta morriam dessangrados, os outros bichavam e metade também morria. A fome não tinha nada a ver com aquilo. Um encarregado ou um capataz podia de repente descobrir que seu cachorro mais bem alimentado, o mais mimado, era um assassino noturno que seria obrigado a sacrificar. Esses cachorros cevados adquiriam a ancestral astúcia do lobo. Era inútil deixar no caminho peças de carne com chumbinho. Era inútil emboscar meia dúzia de peões com espingardas nos acessos de um pasto onde pernoitava uma malhada: o intruso não aparecia. Mas bastava suspender a vigilância, que a matança chegava ao desastre.

Don Julián usou um método rápido para acabar com aquilo. Qualquer cachorro da vizinhança que não ficasse preso de noite, ele ia e matava na presença do dono. Se o dono quisesse protestar, sabia que seria questão de bater de frente com don Julián. Ninguém nem tentou.

O delegado cabeceou. Estava olhando o céu e de repente teve a sensação de que ia cair naquela vertigem de constelações e galáxias que o esperava, lá embaixo, pensou com um sentimento de absurdo e de tristeza, com aquela pena de si mesmo que lhe davam as coisas que não podia entender. Ouviu um chocalho ao longe, o grito repentino de um pássaro despertado, o vento nos eucaliptos. Então percebeu que fazia um tempo que don Julián estava calado.

— Como será — disse Laurenzi — que seu trigal pegou fogo?

— Bem que eu gostaria de saber — respondeu don Julián. — Se o senhor descobrir, vou ficar lhe devendo um favor.

Os trilhos do trem passavam a cerca de meia légua do trigal; fazia muitos anos que os andarilhos desviavam seu caminho para não passar por lá, e quanto àquelas advertências que o governo provincial costumava publicar, onde, palavras mais, palavras menos, diziam que qualquer coisa podia incendiar uma colheita no verão, até o reflexo de uma lata ou de um vidro de garrafa, don Julián comentou, rindo, que não acreditava muito nessas histórias, mas enfim, nunca se sabe. Foi aí que o delegado perguntou se era a primeira vez que lhe acontecia uma coisa dessas, e o fazendeiro disse que não, que era a segunda, e que a primeira tinha sido no mesmo lugar e mais ou menos na mesma data do ano anterior.

— Será que não foi o falecido don Carmen que jogou um fósforo no trigal?

Don Julián ficou pensando.

— Eu não duvidaria — disse por fim. — Ele era bem capaz disso, por causa daquela velha rixa que tinha comigo. Mas não pode ser, porque das duas vezes que aconteceu, ele não estava aqui. As duas vezes foi a mesma coisa: o velho arreou a charrete cedinho, parou no armazém da vila para comprar uma garrafa de vinho e umas latas de sardinha e foi até Las Flores visitar uns parentes. Quando o fogo começou, entre uma e duas horas da tarde, ele estava a seis léguas daqui.

O Cruzeiro do Sul pendia alto no céu, as vozes ganhavam imperceptíveis inflexões de bocejo. Don Julián se levantou para lhe mostrar seu quarto e lhe deu o boa-noite. O delegado deixou a porta aberta e se deitou no escuro. Os lençóis cheiravam a alfazema, e a noite a debulha, e tudo isso era muito bonito, mas o delegado sentia a asma crescendo no peito como a água num tanque. Começou a rolar na cama e a mudar de posição, dobrou o travesseiro para deixar a cabeça mais alta, pôs a culpa na alfazema e nas medas que ele mal tinha visto, mas que imaginava espessas, úmidas e cheirosas, respirando num ritmo misterioso e seguro, e respondeu a si mesmo, "Velho bobo", porque sabia que a culpa de qualquer coisa nunca estava fora, que a asma era coisa da cabeça e que de todo jeito já não ia dormir mais. Então chutou longe os lençóis e começou a se vestir no escuro, devagarinho, ainda sem saber o que iria fazer, ofegando em silêncio e praguejando contra a desconhecida cifra, aquela série de condições que o levava a se mover contra toda aparente necessidade ou conveniência.

Agora caminhava lento e descalço, abria uma porta, depois outra, um móvel se espreguiçou, uma tribo de ratos deliberava no teto, ou quem sabe fosse um pássaro aflito com sua cria, ele um gato, o velho Laurenzi gato pesado no silêncio, cheirando a acidez do tempo, a carcoma da madeira, gato velho com um gatinho novo no pé direito que ponteava prevenções e o tornava esquivo à desgraça (vou roubar os charutos do velho), o gatinho do pé farejou uma cadeira e parou (que minha mãe não me escute, eu vou para o quarto da empregada), não abre tanto os olhos, seu velho xereta, que senão viram lampiões, agora sentia cheiro de correias e cordas, de arreio gineteando solitário na noite sobre um cavalete de madeira, de couro de potro e de graxa, só falta você chutar um chocalho e aparecer don Julián: Procurando alguma coisa, amigo? (Estou procurando umas balas para a espingardinha, senhor, uns retalhos de borracha para o estilingue, estou procurando aqueles anzóis que o senhor escondeu, estou procurando a Herminia que cheirava tão gostoso quando minha mãe e o senhor dormiam.) Mas melhor ele dizer que era sonâmbulo, e pela primeira vez nessa noite o delegado Laurenzi sentiu bulir por todo o corpo uma vontade de rir que parecia mais forte do que qualquer coisa, e teve que tapar a boca. Cresça, homem, disse a meia-voz, e suas mãos andavam pelas gavetas de um móvel que podia ser uma escrivaninha, quando ouviu uma tosse na outra esquina do mundo e catou a primeira maçaneta. Agora estava de novo na varanda, e viu um meteorito riscar o céu, de norte a sul.

Um cachorro preso rosnava nas sombras, mas Laurenzi murmurou: "Agora ninguém segura o velho", e foi até seu quarto calçar os sapatos e o revólver.

Agora caminhava por uma alameda de acácias, respirava com facilidade um ar de pólen vivo e animado, pulou uma porteira sem abri-la, ensaiou uns passos de dança na terra branca e cheirosa. Velho bobo, se as pessoas te vissem. Se as pessoas vissem o delegado, caminhando sozinho rumo ao velório de don Carmen.

Ao longe despontaram os dois salgueiros cabeludos, espaventando estrelas, a gleba calcinada onde ardeu o trigo, do outro lado da estradinha vicinal. Laurenzi entrou no rancho tirando o chapéu e esparramando fósforos até encontrar uma vela e a acendeu sobre o toco da já consumida, sentou-se num banquinho bambo, o mesmo que de tarde, sem saber para que tinha vindo, se não era para olhar a cara amarela do morto que logo se tornava negra e revoava pelas paredes e pelo teto como um morcego de sombras. Quer dizer que esta é a morte, pensou, quando você está sozinho e velho e não tem nem um cachorro para latir. (Mas o que ele estava fazendo lá? Só faltava agora, com tanto reflexo de vela e de sombra, don Carmen resolver cumprimentá-lo.) A morte rodeada de frigideiras sujas e latas de erva-mate e cascas secas de laranja pendendo da cumeeira.

Estava dizendo para ele olhar para trás, mas o delegado não lhe dava ouvidos. Estava se perguntando o que podia ter retido esse homem naquela terra que ele nem sequer cultivava, naquele rancho onde tudo partia, ou morria, ou de alguma forma o humilhava. E o delegado disse: ficava para saber o que ele era, para nunca se esquecer do acontecido e sentir-se vivo contra o abandono e a vergonha. Depois pensou nos campos floridos que rodeavam aquela ilhota de miséria, nos arvoredos crescendo seguros, num horizonte de tons vermelhos, e disse: ficava por puro rancor. E depois não pensou em nada, e desse vazio saiu uma frase que se pronunciou sozinha, sem apelação e sem sentido: ficava por amizade com algo que era e não era a terra.

Foi aí que o vento apagou a vela, e o delegado deu um salto e já estava dando de mão no revólver e olhando para fora, onde uma luz se movia sobre um montículo entre os salgueiros, se enredava feito algodão entre os galhos, pairava com dolorosa indecisão, tateando o capim e os troncos, como sabendo que nunca encontraria o que estava procurando. A luz azul de uns ossos, a bolha gasosa de um sonho. E o delegado olhou o revólver, e pela segunda vez nessa noite teve um ataque de riso, e disse em sua própria lógica: "Não serve para mijar", e o guardou.

A luz não estava mais lá.

Mas agora o delegado sabia por que don Carmen tinha ficado lá até ser morto, e se pelejasse um pouco mais também ia saber o resto, e poderia cumprir com don Julián. Só que nisso ele não queria pensar, porque agora estava contente e assobiava, o pouco e mal que sabia, enquanto caminhava de volta para a fazenda e os pontos cardeais se arrumavam, porque já ia amanhecer, e só faltava o pegarem fora do seu posto, pensou Laurenzi. Mas desta vez abriu a porteira como homem sério e rumou para a cozinha dos peões, onde entrou cumprimentando com voz forte e desejando bom apetite a todos aqueles rostos recém-lavados com sabão amarelo, que lhe disseram: está servido? O delegado disse que sim, sentou-se, pegou sua caneca de *mate cocido* e sua bolacha, e até um pedaço de salame que lhe ofereceram na ponta de um facão, junto com alguma troça levinha sobre os madrugadores da cidade, que o delegado não revidou, para deixar claro que vinha em paz para comer como cristão, e ficar um pouco na companhia deles, mas isso já era mais difícil de explicar, porque ele não tinha lábia.

E foi aí que apareceu ao longe a carroça do turco Martín, e na boleia o turco manobrando um vendaval de chicotadas e maldições e todos os raios da poeirada, porque ia chegar atrasado para o primeiro *mate*, e em volta da carroça e do turco todos os cachorros da fazenda, que a essa hora já estavam soltos e desamarrados, não pensavam em morder ovelhas nem sonhavam com uma corrente infinita que os pendia ao centro da ordem, mas se lançavam como flechas brincalhonas contra os canelos dos pangarés coiceiros e rolavam entre latidos e cabriolas de sua carne viva e elástica.

O delegado foi o primeiro a sair rumo aos barracões, e o turco ficou só esperando enquanto seu rosto se abria cada vez mais naquele famoso sorriso que incluía tantas coisas, todo o tempo passado, e toda a farra junta, e três ou quatro histórias que só eles podiam recordar, com tanta morte e esquecimento. Mas depois largou as coalheiras e os cabrestos e correu para o abraço.

— Nem precisa dizer nada, já sei que aqui tem desgraça, mas que bom te ver.

— Quanto tempo — disse o delegado, e ficou pensando no que o turco acabava de dizer, ele e a desgraça, ele e os homens que se matavam, ele e o sangue nos botequins, e a justiça que já não lhe importava, e a fraqueza que tinha crescido em sua alma, boi peiado, coração de bagre.

Ficou afagando os cavalos, o zaino tinha uma matadura no lombo, ajudou o turco a desarrear, falaram de mais uma ou duas coisas, e o turco resolveu lhe dar de presente uma cinta colorida, "que era só o que me faltava neste momento", pensou o delegado.

Voltou para a cozinha. O peãozinho da véspera estava perto do fogão jogueteando com facas com outro da sua idade. Laurenzi o chamou à parte.

— Vai lá e diz para o don Julián que já podem enterrar o morto.

Enterraram don Carmen em seu próprio sítio. Don Julián escolheu o local: ao pé de um dos salgueiros cabeludos, ao lado de um montículo onde já havia uma cruz torta de madeira que o delegado estava vendo pela primeira vez, dois peões cavaram uma cova, desceram o caixão feito às pressas, e quando acabaram, os montículos eram dois, e o delegado continuava sentado no primeiro. Don Julián dispensou os peões, e Laurenzi dispensou o guarda, e ficaram só os dois com uma pá que alguém esqueceu lá.

Então don Julián Arce começou a fitar o delegado enquanto enrolava um cigarro e perguntou se já sabia como tinha sido. Laurenzi disse que sim, e lamento pelo senhor, que não devia ter me chamado.

Don Julián também se sentou, no outro monte de terra, o de terra fresca que cobria um velho solitário e morto, e disse vamos ver, como é que foi.

— O senhor me diga se estou errado, don Julián — respondeu o delegado —, mas acho que se eu pegar essa pá que deixaram aí e começar a cavar aqui mesmo onde estou sentado, vou encontrar um cachorro morto, ou pelo menos uns ossos velhos de três anos, que de noite viram fogo-fátuo e assustam o pessoal. E se eu cavoucar entre os ossos, com um pouco de sorte, vou achar dois ou três chumbos do seu revólver.

— E daí?

— E daí que o senhor matou o cachorro dele.

— Matei sim, e foi de frente e na presença do dono, porque o bicho tinha se tornado daninho. Escapuliu por baixo do meu cavalo numa noite de lua, mas eu vi seu focinho pingando sangue, e na manhã seguinte eram três ovelhas no chão.

— Isso eu não discuto, mas o velho estava sozinho e só

tinha o cachorro. O senhor matou o cachorro dele, ele queimou sua plantação.

— Meu amigo, isso não pode ser, porque o velho estava em Las Flores nas duas vezes que me queimaram o campo.

Então o delegado tirou do bolso um pedaço de algo como vidro derretido e chamuscado, mas que não era vidro, e o mostrou para o outro.

— Veja como pode ser, don Julián. E o senhor não devia ter deixado isso na sua escrivaninha, onde qualquer tonto tresnoitado podia encontrar.

Don Julián Arce ficou calado por um bom tempo, jogou a ponta do cigarro e pisou com a bota.

— Está bom — disse, e se levantou repetindo —, está bom.

Voltaram calados para a fazenda, e ele arrumou seus papéis, escreveu algumas cartas e deu um tiro na cabeça com o mesmo revólver com que tinha matado o velho Carmen e seu cachorro. O delegado sabia que ele ia fazer isso. Porque o homem (e isso o delegado lembrou para sempre) tinha suas coisas boas e suas coisas ruins, mas não tirava vantagem da sorte. Matou o cachorro e três anos depois matou o velho, porque os dois se tornaram daninhos e contrariavam sua lei, que era a lei visível das coisas, escrita em cada mourão e em cada graveto. Mas ele não precisava chamar o delegado para investigar o crime: o guarda teria dito o que ele mandasse. Se o chamou foi para que houvesse uma averiguação de verdade, e jogou a vida no cara ou coroa: se o delegado não encontrasse nada, a justiça aparente estava do seu lado, além daquela que ele sempre soubera exercer. E se encontrasse alguma coisa, sempre restaria a saída que escolheu. Era o que o povo dizia: respeitava e se fazia respeitar.

O turco Martín continuou por esses caminhos, e talvez ainda ande com sua carroça. Mas nunca mais vendeu daqueles abre-cartas de tartaruga ou de plástico que na ponta tinham uma lupa, uma lente de aumento, como os que vendeu para o velho Carmen.

— Uma porcariazinha à toa — disse depois o turco —, mas carregava como dez ou doze sóis.

Porque o velho Carmen não recebia correspondência, nem sequer sabia ler. Para que ele precisava daqueles abre-cartas? Para fincar um ou dois no trigal de don Julián, fazer cinco léguas de estrada e esperar que o solzão de verão atravessasse a lente de aumento e incendiasse a palha seca. Foi o próprio turco quem lhe deu a ideia sem querer, mostrando como era fácil queimar um papel de fumar. E foi assim que don Carmen encontrou o jeito de tocar fogo numa plantação estando em outro lugar. Da primeira vez don Julián desconfiou, e da segunda deu o azar de encontrar um abre-cartas quase derretido pelo fogo na linde do seu trigal incendiado com o sítio do velho. Guardou aquilo numa gaveta de sua escrivaninha, e o delegado o encontrou naquela noite em que a asma não o deixava dormir.

"La Tigra" continua lá, apareceram sobrinhos, e já se sabe. Na tapera de don Carmen, as pessoas dizem que de noite costumam ver duas luzes pairando no mato, uma maior e outra menor, uma mais alta e outra mais baixa, e alguns fantasiosos as chamam: o velho e seu cachorro.

(1961)

Transposição de jogadas

— Abandone — sugeriu o delegado Laurenzi.

— Ainda não.

— Já perdeu.

— Teoricamente — repliquei. — Mas o importante é saber se o senhor pode ganhar de mim. Veja bem, eu não estou jogando contra a teoria, estou jogando contra o senhor. Esse é o encanto das partidas de café.

Ele me olhou com rancor e mexeu o cavalo. Depois não falou por um bom tempo. Não era um final de problema, era apenas um final difícil. O cavalo devia realizar um complexo movimento de lançadeira, avançando e recuando ao longo de uma linha imaginária que cortava a retirada do meu rei. Devo dizer que, exceto por uma transposição de movimentos que conseguiu corrigir a tempo, mas que lhe causou uma inexplicável irritação, o delegado conduziu o final com acerto.

Abandonei três jogadas antes do mate inevitável, quando a cara do delegado já era outra e ele fingia mexer as peças com pedante distração.

— Por que ficou tão aborrecido? — perguntei intrigado.

— Quando?

— Agora há pouco, quando transpôs os movimentos.

— Ah, isso — disse acendendo um cigarro de tabaco negro.

Parecia que não ia falar. Através da vidraça do café Rivadavia cravou os olhos na rua, onde um rio escuro de automóveis fluía preguiçoso. Mas de repente disse, com voz cansada:

— Algumas situações de certas partidas de xadrez me lembram outras situações. Só isso. Nada de novo, nada de original, nada de interessante.

— O senhor se lembrou de algum erro que cometeu no passado? — insisti.

— Isso mesmo, mas aquele eu não tive como remediar.

Depois começou a contar uma história de prolegômenos confusos. Seu pressuposto inicial era que aquele homem asmático e corpulento que o peso dos anos começava a dobrar, viúvo, aposentado, solitário, que todas as noites vinha ao café para jogar bilhar ou xadrez comigo, era na realidade outro homem, jovem, provavelmente corajoso ou despreocupado, que começava a abrir caminho num mundo de necessária violência.

Porque tudo isso, explicou, tinha acontecido trinta e cinco, quarenta anos atrás, em Río Negro. Ele tinha nascido ainda mais ao sul, mas um dia chegou a Choele-Choel tocando uma modesta tropilha e lá ficou.

Ali ainda estava fresco o rastro sangrento da conquista. O vento empurrava um areal, e parecia o rosto de um índio, solene e enxuto em sua morte; o rio baixava, a lama secava, e era possível encontrar uma lança ainda aguda ou um par de boleadeiras irisadas (assim fantasiava o delegado). Mas a terra legada já era dos fazendeiros, e com o gesto só se podia ganhar ou perder o respeito. Depois dos coronéis bigodudos, vieram italianos, espanhóis, turcos com suas carroças de bugigangas, muitos chilenos, "grandes comedores de carne crua", disse, e a crônica do Remington contra a lança perdeu um pouco de sua estatura — o Colt 38, o facão —, tornou-se menos sistemática, mais desordenada, mas também mais solapada e talvez mais cruel.

Laurenzi trabalhou por algum tempo como peão numa

fazenda que pertencia a um ministro de Yrigoyen, antes de ir para a ilha e começar como guarda em Lamarque. Lamarque era um povoado de quinhentas almas, perto do braço menor do rio, no sul da ilha, mas dependia em tudo de Choele-Choel, que ficava em terra firme, ao norte, às margens do braço grande, "e agora é cidade e progrediu muito", comentou Laurenzi.

— De início não me aceitaram, e quando esse caso aconteceu, tive que ir embora. Portanto fracassei como guarda — acrescentou sorrindo vagamente. — O delegado de Choele-Choel tinha simpatizado comigo, e quando falou que precisavam de um homem na ilha, peguei e fui. Ganhava trinta pesos por mês e me deixavam ter um rebanhozinho de ovelhas num terreno do destacamento que o povo de lá chamava de "delegacia", mas que na verdade era um rancho com um quarto e uma cozinha. Depois fiquei sabendo que no governo de Alvear mandaram construir uma cadeia e um fórum, mas nesse tempo que estou falando não tinha nada disso: eu sozinho com minha alma como única autoridade.

"Tinha gente boa e tinha gente ruim. Eu era moço e gostava de pôr minha força à prova. Tive alguns entreveros onde levei a melhor, e aos poucos começaram a me respeitar. Sabe? — disse bruscamente. — Às vezes me pergunto como tudo seria se eu tivesse ficado lá. Quem sabe se não teria uma fazenda, ou pelo menos um sítio e um cavalo."

— Eu não teria conhecido o senhor. Não poderia escrever suas histórias.

— Belo consolo — bufou. — Sem querer ofender.

Espantou uma mosca, bebeu o café já frio, fez uma careta e continuou:

— Era uma tarde quente, porque no verão, já lhe digo, aquilo era um forno, quando comecei a escutar os tiros. Espiei a rua de terra, e não se via vivalma. Era uma impressão estranha a que dava aquela calma, aquela falta de curiosidade enquanto se aproximava (foi o que me pareceu) o estrondo dos tiros. Tinha um cachorro dormindo no meio da rua, em pleno sol. Mal ergueu o focinho, entre as patas, se arrastou até atrás de um poste e tornou a se estatelar.

Perguntei se suas lembranças eram assim tão nítidas. Ele respondeu que não, que desse cachorro se lembrava direitinho, nem sabia por quê, mas era bem capaz de estar se esquecendo de outras coisas. Também se lembrava do brilho do sol na terra arenosa. O quarto estouro se dilatou já bem perto numa granizada metálica. Ao mesmo tempo ouviu da esquina as vigorosas maldições de um comerciante basco.

— Calculei que tinham furado a chapa de zinco da sua loja, e me protegi atrás de um salgueiro. A espingarda calibre 16 é uma arma danada.

"No total deviam ter se passado uns quinze segundos, quando desembocou na esquina um rapaz, Iglesias, que trabalhava como caixeiro-viajante na Ferrovia Sul, e aparecia na ilha a cada quatro ou cinco meses. Aí estourou a quinta espingardada, e a barbearia da esquina, que era de um turco, ficou sem vidraça e sem um famoso letreiro pintado à mão que dizia: Barbaria, barbeião-se cabelos.

"Iglesias veio no rumo do destacamento. Segurava o ombro esquerdo com a mão direita, mas seus pés estavam muito bons, isso eu garanto. Como o moço corria! Cobrejava sem olhar para trás, de cabeça baixa como quem espera o golpe de misericórdia, e levantava uma nuvem de poeira. Do meu lado passou sem me ver, estacou e deu um salto para a porta.

"Nisso apareceu na frente da barbearia um homem carregando uma espingarda maior do que ele. Era o velho Antonio, um italiano que tinha um sítio de frutas. A rapidez deste velho era uma coisa notável. Na mão esquerda carregava três cartuchos vermelhos, mais outros que despontavam dos bolsos. Bom, o velho se agachou, dobrou a espingarda nos joelhos, recarregou a arma, encaixou a coronha no ombro, rebentou um canhonaço e quando fui ver estava coberto de folhinhas de salgueiro, e sentindo nos ouvidos um zumbido como de rádio mal sintonizado. Saí de trás da árvore, Antonio só tinha dois cartuchos na mão, tinha corrido dez metros, parou, e de novo estava dobrando a espingarda sobre o joelho. Nessa hora lhe dei a voz de alto.

"Achei que ia atirar em mim. Miudinho do jeito que era, aquele italiano metia medo. De tudo que ele dizia na sua fala incompreensível, eu só entendia a palavra *sporco*. Mas quando cheguei nele e lhe tomei a espingarda, não opôs resistência. Mesmo assim, tive que segurar o velho quando entramos na delegacia, e lá estava o Iglesias enfaixando o braço com um retalho de camisa.

"Como do Antonio não tinha jeito de tirar nada, perguntei para o moço.

"— Não sei — respondeu olhando para o sitiante com o rabo do olho. — Acho que ele ficou louco. Eu não fiz nada para a Julia. Mas ele diz que eu a... bom.

"Estávamos nisso, e quem aparece? *La Giulia*, correndo toda desgrenhada e feita uma Madalena. Aí o velho parou de gritar com o Iglesias e começou a gritar com ela.

"Depois de pensar um pouco, resolvi que devia levar os três para Choele-Choel e entregar todos eles nas mãos do delegado, do juiz, do padre, e também do médico, porque o ferimento do Iglesias não era grave, dois ou três perdigões num braço, mas sangrava um bocado. A Julia era menor de idade e estava de três meses, como fiquei sabendo numa das poucas horas que entendi o que o velho Antonio dizia."

— E ela valia todo esse tiroteio? — perguntei com certo ceticismo.

— Vai saber — disse o delegado. — Que é que a gente sabe? Pensando agora, era só uma dessas belezas camponesas, meio toscas, que casam cedo e logo têm uma penca de filhos, e aos vinte e cinco já são velhas. Mas a Julia tinha dezessete e era fresca como uma alface, ou se preferir como um repolho — acrescentou com repentina propensão às metáforas hortifrutigranjeiras, que logo interpretei como uma pesada brincadeira contra si mesmo.

"Eu até ia com a cara do Iglesias, ainda que mal o conhecesse. Fazia já uns quatro meses que não o via. Naquela hora, claro, estava meio malparado, mas pensei que casar com a menina não era a pior coisa que podia lhe acontecer. Além disso, era voz corrente no lugar, mesmo antes que os resultados dessem na vista, que os dois se davam muito bem.

"Não pensei duas vezes e anunciei que ia levar todo mundo para Choele-Choel."

Só que a coisa não era tão fácil assim, explicou o delegado. Ele teve que pedir uma carroça emprestada para um turco (divagou longamente sobre as caravanas que se concentravam na região antes de enfrentar as duras travessias para o sul) e levar os litigantes até o Brazo Grande. Tinha lá uma balsa para atravessar o rio.

— Precisava ver o que era aquela balsa. Era puxada no braço, do alto, com uma espécie de cabrestante e uma maromba que cruzava o rio e estava presa num poste na outra margem. No verão, no tempo da vazante, ela volta e meia encalhava na lama, ou então as pessoas tinham que embarcar no meio do rio.

"Naquele dia tinha acontecido coisa pior. A maromba acabava de arrebentar, e o balseiro, xingando, disse que não tinha como consertar a corda até o dia seguinte.

"Por mim, voltava para Lamarque, mas não tinha onde prender toda aquela gente. Não queria que o italiano voltasse a fazer das suas, ou que o Iglesias fugisse com a moça. O balseiro, que era um basco turrão, concordou em me emprestar o único bote que ele tinha lá, mas insistiu em que não podia levar mais de duas pessoas por vez. E mesmo assim me deu uma latinha para tirar a água, porque o bote dava pena, e o rio estava bem correntoso. Devia ser dezembro, antes das grandes vazantes.

"Eu já estava conformado em fazer cinco viagens, três de ida e duas de volta, para levar um de cada vez, e não atravessar todo mundo de balsa como tinha planejado. Aí vi que o problema era mais complicado. Eu não podia deixar o velho Antonio sozinho com o sedutor de sua filha, nem com a própria filha. Ele já nem abria a boca, mas mesmo assim continuava me preocupando. E os outros também. A menina não parava de chorar desde que tinha visto o namorado ferido. Quando ela tentou ajudar o rapaz a enfaixar o ombro, o moço a afastou devagarinho e se enfaixou sozinho. Depois ficou muito sério, alisando a barbinha rala e amarela, como que pensando no que tinha acontecido. Acabava de descobrir que era um covarde, ou pelo menos que era capaz de correr de um velhote armado de uma espingarda.

"— Era isso — murmurou o delegado dando uma longa tragada no seu cigarro. — Eu tinha que levar um de cada vez e evitar que os que ficassem sozinhos se atracassem."

— E não podia prender dois deles, cada um numa cela, levar o terceiro e depois voltar para levar quem tinha ficado?

— Está esquecendo que nem no destacamento eu tinha celas, e lá o único prédio era a casa do balseiro, onde só havia um cômodo que podia ser trancado à chave.

"A situação se repetia do outro lado, porque a delegacia de Choele-Choel ficava a mais de vinte quarteirões do lugar onde eu ia amarrar o bote. Não podia perder tempo levando um por um até a delegacia, porque aí escurecia antes de eu terminar. Pensei em pedir ajuda a um posteiro que morava na outra margem e era meu amigo.

"Portanto, lá e cá eu podia contar com um lugar relativamente seguro, mas quando pensei mais um pouco vi onde estava o centro do problema: enquanto durasse a travessia,

Antonio teria que ficar sempre sozinho, ou comigo. Em nenhum momento podia deixar o velho sem vigilância com a filha ou com Iglesias."

O delegado cortou em quatro a nota da consumação e colocou sobre a mesa a colherinha do seu café e uma caixa de fósforos.

— A questão era distribuir os papéis.

— Esses aí? — perguntei, já começando a me irritar.

— Como quiser. Pode me emprestar um lápis?

Entreguei-lhe o meu. Pensei que o delegado estava zombando de mim, e no entanto uma ideia familiar me rondava a cabeça sem que eu conseguisse apanhá-la.

— Faça de conta que esta colher é o rio. Este papelzinho, onde vou escrever um A, é o velho Antonio. Este outro papelzinho — traçou um J — é a Julia. Este papelzinho — traçou um I — é o Iglesias. E este aqui — traçou um L — sou eu.

Alinhou-os de um lado da colher.

— Estamos nesta margem — comentou sem sorrir. — Agora preciso passar os três para o outro lado, um de cada vez. E o Antonio nunca pode ficar sozinho com a Julia, e também não pode ficar sozinho com o Iglesias. Quantas viagens tenho que fazer?

— Cinco — vacilei. — Sei lá!

— Sete — devolveu, e começou a embarcar os papeizinhos na caixa de fósforos e a mexer a caixa por cima da colher. — Passo o velho, uma. Volto, duas. Levo o Iglesias, três.

— Mas aí já tem que deixar os dois homens juntos, e um vai matar o outro.

— Não, aí é que está o truque. Na quarta viagem, que é de volta à ilha, *eu trago o velho comigo*, deixando o Iglesias sozinho em terra firme. Na quinta, levo a filha. A sexta é de volta, e atravesso sozinho. Na sétima, transporto o Antonio pela última vez, e já estou com os três juntos do outro lado, sem que o italiano tenha podido fazer besteira.

— Um momento — exclamei com uma súbita iluminação. — Eu já ouvi essa história. É o problema de Alcuíno.

— De quem?

— Um sujeito que era amigo de Carlos Magno. O lobo, a cabra e a couve. Não se pode deixar o lobo sozinho com a cabra, nem a cabra sozinha com a couve.

— Minha avó, que foi quem me contou essa história — disse pausadamente o delegado —, não era uma pessoa instruída. Ela não sabia quem era esse Al... como é mesmo? Alcuíno. Além disso, dizia "bode", dizia "repolho". Mas veja como são as coisas, eu não cheguei a pensar que era exatamente a mesma história.

— Onde foi que o senhor errou? — perguntei suavemente.

— Como saber quem é o lobo? — replicou. — Ou se preferir, como saber que uma cabra não vai se comportar como um lobo, ou até como uma cabra?

— Isso é muito complicado.

Pedi mais um café. O delegado pediu uma bagaceira.

— Como já disse, eu era muito jovem e queria me medir com as coisas. Quanto mais penso nisso, mais me convenço de que eu era um provocador. Tudo o que aconteceu foi provocado por mim, fiz tentativas, tateei, e de repente, sabe o que consegui? Um cadáver. Nunca vou me perdoar — disse gravemente. — Porque, quando tive a ideia, fiquei encantado. Repare que havia evidentes dificuldades (eu não tinha o direito de obrigar o velho a atravessar três vezes o rio), mas não quis saber de nada. Porque eu gostava mesmo era do jogo. E o que fiz foi uma transposição de jogadas, como agora há pouco. E também distribuí errado os papéis, mas não esses papeizinhos de agora, e sim o que cada um deles era lá.

"Tranquei a Julia e o Iglesias no quarto do balseiro e atravessei o italiano. Até aí, tudo bem, ele se deixou levar como uma criança. Tinha perdido toda a vida, era um traste, um velho cansado. Uma hora me perguntou muito sério se eu achava que o Iglesias ia se casar com sua filha. Que é que eu podia dizer? Ele pensou um pouco e disse que quem sabe, apesar de tudo, *questo sporco* dava um bom marido. Quando acrescentou que ele tinha feito tudo pela *Giulia*, que tinha vivido para a menina e que nunca tinha encostado a mão nela, nem mesmo agora, bom, comecei a me sentir mal.

"Sabe o que eu senti? A mesma coisa que agora, no jogo, quando mexi o rei em vez do cavalo. Mas muito pior, claro. Deixei o velho na margem, sem nem me dar ao trabalho de levá-lo até o posto, e comecei a travessia de volta.

"Nunca remei com tanta fúria, e nunca o tempo me pareceu tão lento. Saltei na ilha e corri até a casa do balseiro. O basco e sua mulher estavam em pé ao lado da porta do quarto e se olhavam com cara de susto. Explicaram que tinham ouvido um barulho, mas como eu tinha ficado com a chave...

"Então abri a porta."

O delegado virou a bagaceira de um gole.

— Lá estava o Iglesias, sentado numa cadeira, alisando a barbinha, esquecido de tudo, como se continuasse pensando. Acho que nem me ouviu entrar. E a Julia estava morta aos pés dele. Tinha estrangulado a moça com as próprias mãos.

O delegado se levantou fazendo muito barulho com a cadeira e rumou devagar para a porta do café, enquanto eu pagava a conta.

Logo o alcancei. Estava postado na beira da calçada e tinha os olhos como que perdidos na negra corrente de automóveis, semeada de reflexos.

— Por que ele fez isso? — perguntei, pondo uma mão em seu ombro.

— Porque a moça estava grávida de três meses. E fazia quatro que ele não aparecia no povoado. Quando o velho descobriu, ameaçou a filha, pegou a espingarda, e ela só atinou a falar o nome daquele seu namorado, mas não o do verdadeiro sedutor. Ninguém nunca soube quem foi.

— O senhor não tinha como adivinhar — tratei de consolá-lo.

— É fácil dizer isso. Mas na verdade eu devia ter adivinhado, sim. Por um lado, o Iglesias não deixou a menina chegar perto dele, nem mesmo para que o ajudasse a se enfaixar, está lembrado? E aquilo que ele tanto pensou no caminho era a traição que acabava de descobrir, não os tiros que o velho tinha lhe dado. Por outro lado, em nenhum momento Antonio tinha tentado maltratar a filha, a não ser de palavra, nem mesmo no primeiro acesso de fúria.

"Mas eu tranquei a menina com o Iglesias e guardei a chave do quarto. Tranquei a cabra com a couve.

"Portanto me enganei. Pensei que só o velho poderia matar, e que a moça estava a salvo com aquele que tinha sido seu namorado, quando na realidade ela só estaria a salvo com o pai. Se eu tivesse seguido a fábula ao pé da letra, se tivesse distribuído direito os papéis, era o Iglesias quem nunca devia ter ficado sozinho com a menina nem com o velho, para não ser comido pelo lobo nem comer a couve.

"O italiano morreu três meses depois, e o Iglesias pegou quinze anos. Eu fui embora do povoado e nunca mais voltei. Dizem que progrediu muito..."

Seguiu-se um silêncio difícil de preencher. Aproveitando uma pausa no trânsito, peguei no braço do delegado Laurenzi e falei sem pensar:

— Vamos atravessar?

Olhou-me com reprovação e tristeza.

(1961)

Coisa julgada

— O crime mais curioso que eu já vi — disse o delegado Laurenzi, olhando com exagerada atenção para a ponteira do taco depois de errar uma carambola feita — não foi cometido por ninguém.

— Fechei a série — anunciei, anotando oito pontos.

— Não acha estranho? — perguntou.

— Nem um pouco. Acontece todo dia.

— Claro — grunhiu. — E a única vez que eu pude evitar um crime, foi cometido apesar de tudo.

— Evidente — murmurei, decidido a não dar o braço a torcer. — Mas ainda faltam mais seis, delegado.

— Ah! — bocejou. — Mas o melhor de tudo é isto. Se quiser seguir alguém, primeiro descubra aonde ele vai, e caminhe na sua frente. Assim ele vai pensar que está seguindo o senhor.

Pendurou o taco e me olhou com um sorriso dissimulado. Tinha conseguido estragar minha vitória.

O garçom acabava de trazer os cafés (e uma bagaceira para o delegado) quando estourei:

— Como assim, não foi cometido por ninguém?

— Bom. Foi cometido pelo acaso.

— Então foi um acidente.

— Depende de como se olha. O acaso é uma das coisas mais seguras que existem. Está me acompanhando?

Assegurei que não o estava acompanhando, de jeito nenhum.

Então o delegado fez uma daquelas longas pausas que são seu jeito próprio de me torturar.

— Faz dez anos — atacou enfim — eu estava em Tigre. Já sabe que andei por quase todas as delegacias do país, até que me aposentaram antes que o destino me proporcionasse este café, estas partidas de bilhar, estas histórias que eu lhe conto, este tédio. Um dia me ligaram de um recreio no rio Carapachay. O sujeito do outro lado da linha tinha sotaque alemão e se apresentou como engenheiro Mayer. Disse que ao lado de sua casa, que se chamava "Las Lilas" e ficava à beira do rio Espera, acabava de acontecer um acidente e um homem tinha morrido.

"Pegamos uma lancha e fomos até o Espera. Não foi difícil achar o lugar. De longe se avistava um grande letreiro anunciando 'Las Lilas'. Um chalé de dois andares dominava um extenso jardim, um viveiro de pinheiros, uma piscina, e no extremo norte, rio acima, um alvo de tiro, com círculos vermelhos e azuis.

"O engenheiro Mayer estava me esperando no atracadouro. Calculei que devia ter mais de sessenta. Mas era alto e reto como uma vara. Me apresentou seus acompanhantes: um comerciante inglês, um médico-legista e outro alemão, ex-oficial do *Graf Spee*. Todos silenciosos e solenes.

"Mayer disse que me levaria à casa vizinha. Caminhamos rapidamente por uma trilha na beira do rio, atravessamos uma cerca viva de alfena, e do outro lado havia um homem estirado, com um pequeno buraco na cabeça. Ao lado dele, uma tesoura de poda, ainda com um galhinho entre as lâminas de metal. Mas era evidente que Jacinto Reyes não iria mais podar alfenas."

— Bela maneira de praticar tiro ao alvo! — comentei. — Quem foi que o matou?

— Isso não tem importância — disse o delegado. — A bala podia ter sido disparada por qualquer um. Na realidade, nenhum deles sabia se tinha ou não dado aquele tiro. Eu também não tive como apurar essa coisa tão simples: quem puxou o gatilho que detonou aquela bala em especial, que errou o alvo e se incrustou na cabeça de Jacinto Reyes, que como todos os sábados estava podando a cerca viva na casa vizinha.

"O cadáver foi descoberto por um rapazinho que ia passando por ali, mas o doutor Vega (era esse o nome do médico) calculou que Reyes tinha morrido meia hora antes. Nessa meia hora, e nos quinze ou vinte minutos que a precederam, todos quatro tinham atirado, revezando-se em séries de dez disparos. Até serem avisados, nenhum deles percebeu que tinha matado o vizinho.

"Mayer me explicou que nos finais de semana convidava alguns amigos, quase sempre os mesmos, para espairecer. Praticavam tiro ao alvo com um rifle de repetição calibre 22, a uma distância de cinquenta metros. Medi o trecho entre o alvo e a cerca viva, e vi que eram mais setenta metros."

— Eles não tomavam nenhuma precaução?

— O alvo tinha um banco de terra atrás, claro. Mas quando o examinei, notei que não o cobria por completo. Havia, digamos, quatro ou cinco centímetros na borda superior do alvo que o banco não protegia. Quando apontei essa falha a Mayer, pareceu preocupado; mas explicou que naquele verão tinha chovido muito e a terra deslizava facilmente. Enfim, era um descuido, uma fatalidade.

O fato é que as balas que impactavam essa faixa do alvo o perfuravam e seguiam até o terreno vizinho. A maioria não chegava, mas outras, sim.

— Por que algumas chegavam e outras não?

— Bom — disse o delegado Laurenzi fitando-me com os olhos entrecerrados —, aí entra outra pequena fatalidade. Esses rifles aceitam três tipos de munição: curta, média e longa. A que matou Reyes era uma bala Long Rifle, a mais potente.

"Em certo sentido, era um absurdo praticar tiro com esses projéteis. Mas em outro sentido, não, porque eles achavam que o banco de terra era proteção suficiente. Além disso, só atiravam com balas longas quando acabavam as curtas. Suponhamos, para simplificar, que, de cada cem tiros, noventa fossem de balas curtas, inofensivas, e só dez de balas longas. E que, dessas dez, só uma passasse por cima do banco até o outro lado. Não era Mayer quem comprava a munição, seus amigos é que a traziam, e foi impossível determinar se algum deles em particular preferia a bala Long Rifle. A culpa do homicídio ficou perfeitamente dissolvida entre os quatro atiradores."

— E o juiz condenou todos eles?

— O juiz não condenou ninguém — disse o delegado Laurenzi.

— O juiz podia ter condenado por negligência, quando muito. Mas, como eu disse, a culpa estava diluída. Quanto ao homicídio, tecnicamente havia delito, mas não havia autor. Consequentemente, também não havia delito. O Código não prevê essa situação. Ficou caracterizado como acidente.

— E se os quatro tivessem combinado em matar Reyes?

— Teria dado na mesma, a não ser que um deles confessasse. Acha que não pensei nisso? Só que os três amigos de Mayer não tinham nenhum motivo para matar Reyes. Nem sequer o conheciam. E o próprio Mayer tinha com ele uma relação muito superficial. Na realidade, a única pessoa que podia odiar Reyes era a mulher dele.

— Um momento! — disse severamente. — O senhor não disse que ele era casado. Não pode introduzir novos personagens a esta altura da sua história.

— É que ela apareceu depois. Veja como funciona o acaso: toda sexta-feira à noite, ela ia para a casa dos pais, que moravam em San Fernando, e voltava na segunda.

"Foi graças a ela, de certo modo, que pude saber como era o morto. Quando começou a instrução e colhemos seu primeiro depoimento, ela parecia um cachorrinho maltratado, ou se o senhor preferir, uma planta que tivessem colocado um tijolo em cima. Depois, aos poucos, foi se endireitando, desabrochou, rejuvenesceu: um processo interessante de contemplar numa mulher que na época devia ter seus quarenta anos."

— O peso que a esmagava era o marido?

— Foi o que eu pensei. Um dia entrei com Mayer no gabinete do juiz justo na hora em que ela ia saindo. "Mau encontro", pensei. Mas quando ela o viu fez questão de se aproximar e, segurando numa das mãos dele, ficou olhando nos seus olhos de um jeito muito estranho. Não me gabo de decifrar olhares, mas sei que aquele era de gratidão. Como se, para ela, Mayer tivesse desempenhado o papel da providência. Até onde sei, agora é uma mulher feliz.

— Ela se casou com o engenheiro?

O delegado olhou para mim espantado.

— Imagine! — disse sacudindo a cabeça. — Casou com um amigo meu.

— Mayer não teria se casado com ela nem com ninguém naquela altura da vida. Era um homem que depositava toda sua capacidade de carinho em suas plantas, em seus cachorros, em seus livros.

"Enquanto o caso tramitava, até ser arquivado, fui fazendo amizade com ele, na medida em que ele permitiu: não pense que foi grande coisa. Era um sujeito sisudo, que falava só o necessário, e poucas vezes achava que era necessário. Os vizinhos o respeitavam, embora o achassem meio maluco. Contavam, por exemplo, que uma vez ele tinha emboscado umas pessoas que estavam pescando com explosivos e lhes deu uns tiros, até que todos pularam do bote e fugiram a nado. Quando lhe perguntei sobre esse caso, não negou nada: limitou-se a dizer que se devia dar uma chance aos peixes, assim como aos homens.

"Cuidava do seu jardim, dos seus pinheiros, das suas flores com aquela devoção que só vemos em certos europeus. Odiava com a mesma intensidade as doninhas, o mato, as formigas. Nisso chegava a ser cômico.

"De nós, os responsáveis por investigar o caso, tinha uma péssima ideia. Dizia que os juízes, os delegados, não servíamos para nada: chegávamos quando tudo tinha acabado.

"Depois do arquivamento, perdi o sujeito de vista. Fui transferido para Campana. Passaram-se quatro anos. Um dia estava andando pelo rio Paraná, investigando um caso de contrabando. Não sei por que resolvi entrar no Espera. Já ia entardecendo quando, do meio do rio, avistei o chalé de dois andares, a piscina, o viveiro de pinheiros e, no extremo sul do jardim, não vai acreditar, um banco de terra e o alvo de tiro. Aí, de repente, entendi tudo.

"Entendi que era mesmo Mayer quem tinha assassinado Jacinto Reyes."

Olhei para ele boquiaberto.

— Não tínhamos ficado em que foi um acidente, uma fatalidade?

— Um acidente provocado, uma fatalidade controlada.

— Foi ele que disparou aquela bala?

— Eu não disse isso. Há uma probabilidade em quatro de que tenha sido ele. Há três probabilidades contra de que tenha sido um dos seus amigos. Quanto a isso, nada se alterou. Nesse plano ainda se pode dizer que ninguém matou Reyes. Mas Mayer montou o dispositivo; ele instalou o alvo de modo que o setor de fogo abarcasse o jardim vizinho, onde Reyes podava suas plantas nos finais de semana; ele reunia os amigos; ele permitiu que a erosão rebaixasse o banco de terra; ele deixou o acaso atuar.

"Em suma, Mayer calculou que uma bala perdida em cada cem não era nada, mas em mil balas haveria dez, e em dez mil haveria cem, e cedo ou tarde uma delas encontraria aquele homem que ele odiava, simplesmente porque Reyes batia na mulher, e de noite a ouvia gritar, e de dia a via chorando no jardim vizinho, sendo destruída como as formigas destroem uma árvore, e portanto, segundo sua lógica, Reyes devia morrer.

"Só que no meio disso estávamos nós, os homens que chegam depois, e por isso ele não podia matar Reyes como se mata uma doninha. Teria que permitir que fosse morto por acaso, por obra da providência, com uma bala anônima. E também teria que lhe dar uma chance. Quem sabe um dia ele visse um galhinho tremer a um palmo da cabeça, e dessa vez não pensasse que era uma corruíra; talvez sentisse um sopro próximo, e dessa vez não pensasse que era o vento; talvez escutasse aquele vago, inofensivo tiroteio à distância, e dessa vez não pensasse que era aquele alemão maluco apenas se divertindo com os amigos. De repente perceberia tudo, e à noite já não se ouviriam mais aqueles gritos que enlouqueciam Mayer."

— Mas Reyes não percebeu.

— Não. Durante quatro meses, ficou exposto ao tiroteio,

todo sábado e domingo, à razão de duas ou três balas por dia. Muito mais tarde, quando voltei a falar com Mayer, ele admitiu que tinha baseado seus cálculos nas leis da probabilidade. Considerando todos os fatores que, como pessoa familiarizada com a matemática, ele podia levar em conta, Mayer deduziu que o prazo médio em que poderia ocorrer um acidente como o que ocorreu era de dez meses. Mas ele não podia ter nenhuma certeza disso: embora os cálculos fossem corretos, o acidente poderia não ocorrer nunca, e por outro lado poderia ocorrer no primeiro disparo. Esse fato, disse, lhe dava certa satisfação intelectual. Como se as práticas de tiro fossem o processo (ele empregou essa palavra) a que Jacinto Reyes estava submetido.

— Um processo sobrenatural — murmurei. — É curioso. Ele ouvia vozes? Não disse quem lhe mandou iniciar esse processo?

— Não. O que ele acabou admitindo foi que, entre os disparos 4.975 e 5.020 (Mayer os registrava num bloco), se deu a sentença e a execução de Reyes.

— Imagino que, uma vez desencadeado o processo, Mayer devia desaparecer enquanto pessoa. E seus acompanhantes não passavam de engrenagens de uma justiça mais bem aparelhada do que a nossa.

— Sim. Mas eu não podia discutir com ele nesse plano e, além disso, mal o entendia. Simplesmente tentei convencê-lo a não fazer aquilo outra vez. Que das próximas vezes deixasse o caso em minhas mãos. Ele se deixou convencer. E deu no que deu! — disse tristemente o delegado.

— Como eu já disse, isso aconteceu na minha segunda visita a "Las Lilas", quatro anos depois da morte de Reyes. Mayer não foi me receber quando me viu amarrar o barco no seu atracadouro. Estava em sua varanda, lendo um livro deitado numa rede, e mal ergueu os olhos. Quando parei na frente dele, não teve outro remédio a não ser pôr o livro de lado e me indicar outra rede com um gesto.

"Nem preciso lhe dizer que foi uma conversa direta. No entanto, foi a mais estranha que já tive na vida. As conclusões são essas que já lhe contei em parte. Quando eu afirmei que ele tinha matado seu vizinho, deu-se ao trabalho de esclarecer que tinha apenas atuado como mero agente de forças que eu não compreendia. E a única coisa que ele estranhava era que por fim eu tivesse entendido, mesmo que com atraso, a mecânica da questão, ainda que não seus aspectos mais profundos."

O delegado deu uma risada um tanto rouca.

— Não achei a menor graça nisso, como pode imaginar. Aí o tratei bastante mal. Perguntei se, no fundo, ele não teria sentido algum tipo de prazer com aquele longo assédio a que tinha submetido sua vítima. Pela primeira vez, pareceu ofendido.

— Eu quase não conhecia Reyes — respondeu. — Mas conhecia os gritos e a dor de sua mulher, que era uma inocente. Fiz mais do que os senhores são capazes de fazer. Libertei-a. Para mim não é um prazer extirpar o mato, mas se tiver que fazer isso, eu faço. E o senhor acha que foi uma satisfação escutar suas perguntas e vê-lo novamente aqui?

— O senhor toma a justiça em suas mãos e, como não tem tempo para se enxergar, acha que é Deus — disparei. — Nunca lhe passou pela cabeça que, se essa mulher gritava e sofria, era porque naquele momento ela gostava de gritar e de sofrer, e o senhor não tinha nada que se meter? É bem capaz que tenha acabado com o verdadeiro sentido de sua vida, que é que o senhor sabe? O senhor pensa que é justo porque mata suas formigas e queima suas vespas. Até aí, sem problemas, é uma diversão como outra qualquer. Mas se dá para atirar nas pessoas, mesmo que seja gente que pesca com explosivos ou que maltrata a mulher, meu trabalho é não permitir que faça isso.

"Despejei outras pérolas do gênero. Agora penso que eram injustas. Mas entenda, eu estava irritado e queria irritá-lo. Devo ter conseguido, porque bruscamente voltou às suas frases de quatro palavras e a me chamar senhor em cada uma.

— Tudo isso, senhor — disse —, é coisa julgada. Esta conversa, senhor, terminou.

— De modo algum — informei. — Ela mal começou. Não estou aqui por causa de Reyes, porque não posso ressuscitá-lo nem posso reabrir o processo. Reconheço que isso seja coisa julgada; mal julgada, para mim, ainda que bem julgada para o senhor, porque nossos julgamentos transcorrem em planos diferentes. Mas desta vez, escute bem, o homem que chega depois, que vem quando tudo acabou, chegou antes.

"Não tinha terminado de falar quando percebi que estava olhando para mim com muita pena, e que seu rosto não era tão duro como sempre me pareceu, mas quase bondoso."

— Sem dúvida entende — disse o delegado Laurenzi — como era intrincada a situação em que estávamos.

Assegurei candidamente que não estava entendendo nada.

— Não entendo — disse — que estivessem numa situação intrincada, nem sequer no que eu chamaria de situação. O senhor agiu corretamente, e a história estava encerrada. E mais, se o senhor conseguiu desentranhar a verdade num assunto, digamos, tão imaterial, pode dar-se por satisfeito.

— O problema é que a história não estava encerrada — murmurou o delegado, aplicando um fósforo a um cigarro que não queria acender.

— Claro, nenhuma história se encerra por completo — admiti.

— Estou falando dessa história concreta. Eu não mencionei que, da primeira vez que estive na casa de Mayer, o alvo estava no extremo norte do jardim?

— Mencionou, sim.

— E não acabo de lhe contar que, quando voltei, quatro anos mais tarde, estava em outro lugar, no extremo sul?

— Sim, mas não vejo que relação...

Antes de concluir a frase, entendi.

— Ele ia matar outra pessoa?

— Exatamente — disse o delegado. — Foi por isso que desci lá da segunda vez. Era o mesmo dispositivo, apontado em outra direção. Na realidade, já tinha começado. Estava celebrando mais um dos seus processos sobrenaturais. Os amigos que o acompanhavam já não eram os mesmos, claro, mas o método era idêntico. A providência ainda não tinha respondido, mas a qualquer momento faria sua pequena reverência e, Bang!, o vizinho cairia morto. Estavam no disparo 1.980: Mayer continuava registrando tudo em seu bloquinho.

— E qual era o motivo desta vez?

— Quando lhe fiz essa mesma pergunta, ele se levantou e me pediu que o acompanhasse. Caminhamos rio abaixo e, ao chegar à cerca viva de tuia que separava sua propriedade de um terreno vizinho onde havia uma choupana miserável, um daqueles ranchos montados sobre palafitas que se veem em Tigre, viramos à direita e andamos uns vinte passos. Mayer então parou, levantou com o pé um montículo de palha seca e me mostrou o que havia embaixo.

"Era uma galinha barbaramente mutilada. Ele nem precisou me explicar que o criminoso (assim o chamava) não era um animal, nem um ser humano com fome, um ser humano normal.

"O homem que segundo ele tinha feito aquilo (e outras coisas: me falou de um gato borrifado com gasolina e incendiado que pulou como um foguete no rio) era seu vizinho, um tal Berón, que tinha se mudado para aquele rancho seis meses antes.

"Mas isso não era nada, disse. Aquele sujeito procurava as meninas do lugar, lhes dava pequenos presentes, e qualquer dia ia acontecer uma desgraça. Era um degenerado congênito. Não se podia correr o risco de deixá-lo vivo.

"Falava com grande segurança, como se estivesse vendo aquilo que anunciava. Para completar, naquele momento passou a lancha que trazia as crianças de uma escola próxima. Em cada píer da vizinhança desciam duas ou três, balançando suas pastas, despedindo-se dos colegas aos gritos, e Mayer disse que, simplesmente, ele não podia tolerar uma coisa dessas. Por outro lado, qual o problema de entregar tudo nas mãos do destino? Aos sábados e domingos, Berón pescava em seu píer, esquecido de tudo; Mayer e seus amigos atiravam ao alvo, e embora fosse verdade que estavam numa mesma linha de tiro, ninguém apontava contra ele: nem mesmo Mayer. Todos apontavam para o centro do alvo, e atrás do centro estava o banco de terra. Se Berón fosse inocente, não aconteceria nada com ele. Se uma bala se desviasse, passasse por todos os obstáculos do trajeto (apontou as árvores, os quiosques, as madeiras do píer) e o matasse, quem poderia dizer que essa bala não era guiada por forças desconhecidas para impedir um mal atroz?"

O delegado tornou a rir.

— Sujeito estranho aquele alemão — disse.

— O senhor conseguiu convencer o Mayer a adiar a execução?

— A muito custo. Garanti que estava disposto a impedir, por todos os meios, que ele e seus amigos continuassem atirando ao alvo naquelas condições. E prometi que mandaria investigar o passado de Berón e, ao menor indício, recolheríamos o sujeito em lugar seguro. Então Mayer disse que iria esperar.

"Nessa mesma noite fui até o centro de Tigre, falei com o delegado que tinha entrado em meu lugar e lhe expliquei o caso de Berón, sem mencionar Mayer. Ele prometeu cuidar do assunto.

"Mas não sei o que houve naquela semana. Talvez trabalho demais, ou acharam que a coisa não era tão urgente assim. Vai saber!

"O fato é que, na sexta-feira seguinte, abro um jornal e vejo que no Espera degolaram uma menina de dez anos, e que o assassino era um tal de Berón.

O delegado virou a xícara e fez uma careta.

— Este café está intragável — disse.

Quando saímos para a rua, acrescentou:

— O alemão eu não quis ver mais. Com que cara? Depois fiquei sabendo que um dia sofreu um ataque do coração enquanto tomava banho de rio e se afogou. Faz uma semana passei por lá. Está tudo abandonado, coberto de mato e imagino que cheio de formigas. Como se lá nunca tivesse morado ninguém. Pobre sujeito! — disse o delegado Laurenzi.

(1962)

Em legítima defesa

— Eu, no fim, não servia mais para ser delegado — disse Laurenzi, bebendo seu café já frio. — Estava vendo as coisas, e não queria ver. Via os problemas que as pessoas arrumam, e o modo como os resolvem, e o modo como eu resolveria. Principalmente isso. Olhe, é melhor fazer como no cinematógrafo e colocar os pés sobre a mesa, mas não as próprias ideias. Eu percebia que estava ficando frouxo, e tudo porque queria pensar, me colocar no lugar dos outros, pôr a mão na consciência. E aí fiz duas ou três burradas, até que me aposentei. Uma dessas burradas é a que vou lhe contar hoje.

"Aconteceu lá por volta do ano 40, em La Plata. Daí o senhor pode deduzir — murmurou com sarcasmo, olhando a praça cheia de sol através da vidraça do café — que a minha fortuna política estava em ascensão, pois já sabe como me fizeram rodar por todos os destacamentos e delegacias do interior.

"Posso até lhe dizer a data exata. Era a noite de São Pedro e São Paulo, 29 de junho. Não é engraçado que ainda hoje acendam fogueiras nesse dia?"

— É por causa do solstício estival — expliquei modestamente.

— O verão, quer dizer. O verão deles, que trouxeram a festa e o nome da festa da Europa.

— Desconfie também do nome, delegado. Eram antigos festivais celtas. Com o fogo, ajudavam o sol a se manter na trilha mais alta do céu.

— Que seja. A questão é que fazia um frio que nem lhe conto. Minha sala era enorme, com um aquecedorzinho de querosene ridículo. Só para que faça uma ideia, tinha horas em que o que eu mais queria era voltar a ser um simples guarda, como no início, para poder tomar *mate* ou café com eles na cozinha, que devia estar quente e onde ninguém pensava em nada.

"Deviam ser dez horas da noite quando o telefone tocou. Era uma voz tranquila, a voz do juiz Reynal, dizendo que acabava de matar um ladrão em sua casa, se eu podia ir até lá. Vesti o casaco e fui.

"Com os juízes nunca me dei bem, para que que eu vou mentir? A lei dos juízes sempre acaba colocando a gente cara a cara com um malandro que está com mais sorte, ou melhor pontaria, ou um pouco mais de coragem do que seis meses antes, ou dois anos antes, da última vez que o viu, com uma calçada e uma 45 entre os dois. A gente sempre sabe como eles entram, como é que não vai saber?, pois chegam chorando e, se bobear, chamando pela mãe. O que a gente nunca sabe é como eles saem. Depois vêm até pedir fogo na rua, e é melhor ficar quieto e sair pisando leve, porque você percebe que aí tem brincadeira, e da pesada.

"Ia pensando nessas coisas enquanto caminhava entre as fogueiras que a garoa não acabava de apagar, desviando dos busca-pés dos moços que também estavam festejando, como o senhor diz, a altura do sol e, claro, a colheita próxima e os campos floridos. Para me distrair, comecei a puxar pela memória tudo o que eu sabia sobre o doutor Reynal. Era o juiz de instrução mais velho de La Plata, um cavalheiro de reputação ilibada e tudo o mais, viúvo, solitário e inacessível.

"Entrei por um portãozinho de ferro, atravessei o jardim encharcado, lembro que havia umas azaleias que estavam começando a florir e uns pinheiros pingando água na sombra. A porta estava aberta, mas vi luz numa janela e segui em frente sem tocar a campainha. Eu conhecia a casa, porque o doutor costumava nos chamar de vez em quando, para ver como andava um inquérito ou para nos passar um sermão. Tinha olhos de lince para os vícios de procedimento, trazia o código no sangue, e não cansava de invocar a majestade da justiça, *aquela de antigamente*. E eu, que preciso cuidar, já não digo dos vícios de procedimento, mas até da ortografia, imagine como ficava. Mas não era o único. Conheço mais de um que pretendia botar o doutor no bolso, mas na frente dele afinava.

"Acontece que era um velho imponente, com uma grande cabeça de cadáver, o rosto cada vez mais chupado, a pele que parecia colar nos ossos, como se não quisesse deixar nada para a morte. É assim que me lembro dele naquela noite, vestido de preto e com um lenço de seda no pescoço.

"Eu tinha uma velha rixa com aquele homem, porque uma vez ele apareceu na delegacia como um raio e me fez soltar o caolho Landívar, que tinha nos costados duas mortes sem provas, e logo ia ter mais uma. Nunca me esqueci do que ele me falou: 'É melhor soltar um assassino do que uma peça da justiça'. 'Mas e o perigo?', perguntei. 'Do perigo ninguém está livre', respondeu. Mas fui eu que tive que matar o Landívar, quando no fim deu bobeira nos galpões da Tolosa, e aí me lembrei do doutor, do doutor e da mãe dele."

O delegado segurou no queixo e balançou a cabeça, como se estivesse rindo de uma tirada secreta, e depois soltou uma verdadeira gargalhada, uma risada asmática e um pouco dolorosa.

— Bom, lá estava ele, sentado atrás da sua mesa, como se nada tivesse acontecido, concentrado num desses calhamaços de filosofia, ou lá o que fosse, mas que devia ser muito importante, porque ele mal ergueu a cabeça quando me viu na porta e continuou lendo até chegar no fim de um parágrafo, quando marcou a página com uma unha afiada que parecia de vidro. Isso me deu tempo de tirar o chapéu molhado e pensar onde podia pendurar, de ver o vulto no chão, que era um homem, de esbarrar num cavaleiro de bronze e, em geral, de me sentir como um auxiliar de terceira que vai levar um pito. Só então o velho fechou o livro, entrelaçou as mãos e ficou me olhando com aqueles olhos que sempre pareciam estar dando o sinal do ás de espadas.

"Perguntei, com jeito, o que ele queria que eu fizesse. Respondeu que eu sabia qual era o meu dever, que eu conhecia, ou devia conhecer, o Código de Procedimentos, que ele, desde logo, se eximiria de intervir na causa, mas que seu substituto de turno era o doutor Fulano, e que não o levasse a mal se aproveitava para observar, com interesse profissional, a forma como eu diligenciava o inquérito.

"Falei para ele ficar à vontade, só faltava. Perguntei se era correto realizar uma inspeção ocular. Fez que sim com a cabeça. E fazer-lhe algumas perguntas e retê-lo até o doutor Fulano resolver o contrário? Nessa hora ele riu e comentou: 'Muito bem, muito bem, assim que eu gosto'.

"Virei com o pé o rosto do morto, que estava de bruços na frente da mesa, e deparei com um velho conhecido, Justo Luzati, vulgo 'Pintassilgo', e também 'Caguete', com fama de bicudo e de outras coisas pouco apreciadas no seu meio. Por algum tempo, cheguei a tratar bastante com ele, até que o perdi de vista num hospital, coitado.

"Mas era bom ver o tipo morto assim, afinal com um gesto de homem no rosto magro, que parecia ter uns ossos a mais e outros a menos, e empunhando um 32 com a mão direita, feito homem, e até com aquele gesto bravio de puxar o gatilho à queima-roupa, quando iam atirar nele, ou já estavam atirando, e atiraram mesmo, e o chumbo do 38 que o doutor tirou de alguma gaveta o sentou no chão, e aí foi deitando devagar para deixar escapar umas lágrimas e morrer.

"Mas aquele velho, era coisa de se ver, ou de imaginar, o sangue-frio daquele velho. Deixou o 38 sobre a mesa, com cuidado, porque era uma prova. Telefonou para mim, sem nem sequer se levantar, porque não queria tocar em nada. E voltou a ler o livro que estava lendo quando Luzati entrou.

"— O senhor o conhece, doutor? — perguntei.

"Disse que nunca o tinha visto. Aí, enquanto o encarava, descobri aquele estrago na estante atrás dele.

"— E quanto a isso — apontei —, não ia me dizer nada?

"— O senhor tem bom olho — respondeu.

"Havia uma fileira de volumes encadernados em azul, acho que eram a coleção de *La Ley*, e um deles estava meio destripado, com serpentinas e pedacinhos de papel saindo pela lombada, e ao lado havia um porta-retratos de prata emborcado, com a foto e o vidro perfurados.

"— Fique quieto, doutor, não se mexa — pedi, enquanto contornava a mesa, e parei justo onde Luzati tinha estado, onde ainda se via a água dos seus sapatos, e dali olhei para o velho, e depois atrás do velho, e de novo para aquele rosto cadavérico e severo. Mas ele me corrigiu: 'Um pouquinho mais à esquerda', disse.

"— O que se sente, doutor, quando o tiro passa assim, raspando?

"— Não se sente nada — respondeu —, o senhor sabe disso.

"Então me agachei, tirei o 32 da mão do Luzati, abri o tambor, e lá estava a cápsula queimada, e o restante da carga completa, e até o cheiro da pólvora fresca. Tudo pronto e empacotado para o instituto de balística, onde sem dúvida iam concluir que o chumbo na estante tinha saído do 32, e que o ângulo de tiro coincidia, tudo perfeito, e iam ilustrar a cena com desenhos bonitinhos, cheios de linhas vermelhas, verdes e amarelas, para provar que o doutor tinha mesmo matado em legítima defesa.

"Coloquei o 32 em cima da mesa, ao lado do 38, e foi aí que ele me ouviu dizer 'Que estranho', e olhou para mim sem se mexer.

"— Que estranho, doutor — falei, caminhando de novo até a estante —, que o senhor, com sua memória tão boa, não se lembre desse pássaro bicudo. Porque, se a minha não me falha, quatro anos atrás o senhor o sentenciou no caso Vallejo contra Luzati, por tentativa de extorsão.

"Ele riu.

"— Ora — disse. — Como se eu pudesse me lembrar de todas as sentenças que profiro.

"— Sendo assim, também não vai se lembrar que, em 30, o senhor o condenou por tráfico de drogas.

"Tive a impressão que ele deu um pulo, que ia se levantar, mas se conteve, porque o velho era duro na queda, e só passou uma mão pela testa.

"— Em 30 — murmurou. — Pode ser. Já faz muitos anos. Mas o senhor está querendo dizer que ele não veio aqui para me roubar, e sim para se vingar?

"— Ainda não sei o que estou querendo dizer. Mas é estranho, doutor. É estranho que esse infeliz, que nunca assaltou ninguém, porque era um rato, um pobre-diabo que hoje vestiu sua melhor roupa para se encontrar com o senhor; alguém que vivia da pequena delação, da pequena chantagem, do pequeno tráfico de drogas; alguém que, se levava com ele uma arma, era mais para criar coragem; é estranho que esse tipo, de repente, tenha virado assaltante e resolvido assaltar o senhor...

"Ele então mudou de postura pela primeira vez, girou com a cadeira e me viu com o porta-retratos nas mãos, com aquela foto de uma moça distante, inocente e meiga, não fosse pelos olhos, que eram os olhos sombrios e um tanto fanáticos do juiz, aquele rosto que sorria ao longe, apesar de destruído por um tiro certeiro, porque o vencido amor e a sombra do ódio que o segue têm pontaria infalível.

"Devolvi o retrato para ele, dizendo: 'Pode guardar. Isso não precisa entrar na perícia', e me sentei em qualquer lugar sem nem pedir licença, não porque tivesse perdido o respeito, mas porque precisava pensar, pôr a mão na consciência, ficar sozinho. Pensar, por exemplo, naquele rosto que eu tinha visto dois anos antes numa delegacia de Mar del Plata; naquele rosto devastado, não mais inocente, repetido na foto de um prontuário onde constava apenas 'Alicia Reynal, toxicômana etc.'. Mas depois de um bocado assim, a única coisa que me ocorreu dizer foi:

"— Faz muito tempo que o senhor não a vê.

"— Muito — disse, e não disse mais nada, e só ficou olhando para alguma ausência.

"Então voltei a pensar, e foi aí que devo ter descoberto que não servia mais para ser delegado. Porque estava vendo tudo, e não queria ver. Estava vendo como o 'Caguete' tinha conhecido aquela mulher, e tinha até lhe vendido maconha, ou o que fosse, e de repente, imagine só, tinha descoberto quem ela era. Estava vendo como foi fácil para ele ter a ideia de extorquir o pai, que era um homem de reputação ilibada, um pilar da sociedade, e de quebra vingar as duas temporadas que tinha passado na prisão de Olmos. Estava vendo como o velho esperou por ele com o palco armado, o tiro que ele mesmo disparou — um petardo a mais naquela noite de petardos — contra a estante e contra aquele fantasma do retrato. Estava vendo o 32 descarregado sobre a mesa, para que Luzati o pegasse no desespero e até puxasse o gatilho quando visse o velho lhe apontar o 38. E como foi fácil depois abrir o tambor e voltar a carregá-lo, sem tirá-lo da mão do morto, que era onde devia estar.

"Estava vendo tudo, mas se passasse mais um tempo não veria nada, porque não queria ver nada. Por isso no fim me levantei e falei assim para ele:

"— Não sei o que o senhor vai fazer, doutor, mas estive aqui pensando em como é difícil ser delegado e em como é difícil ser juiz. O senhor diz que esse homem tentou assaltá-lo, e que o senhor deu cabo dele. Todo mundo vai acreditar nisso, e é capaz que eu mesmo acredite quando ler a notícia no jornal de amanhã. Afinal, é melhor soltar um assassino do que uma peça da compaixão.

"Era inútil. Ele já não me escutava. Ao sair me agachei pela segunda vez junto ao 'Caguete' e de um bolso do seu casaco tirei a pistola de baixo calibre que eu sabia que ia encontrar lá, e a guardei. Ainda está comigo. Seria estranho um morto com duas armas."

O delegado bocejou e olhou o relógio. Estavam esperando por ele para almoçar.

— E o juiz? — perguntei.

— Foi absolvido. Dali a quinze dias, pediu a aposentadoria e, um ano depois, morreu de uma dessas doenças que dão nos velhos.

(1964)

CONTOS FINAIS

A notícia

Era uma mulher loira, de uns quarenta anos, provavelmente alemã. Chamava-se Gertrudis. Dizia o seguinte:

— Os dragões me devoraram sete vezes, mas sempre tiveram que me vomitar.

— Ah! — disse o jornalista gentilmente, guardando seu bloco de notas. — E por quê, senhora?

O residente que acompanhava o jornalista sorriu ao ouvir a palavra "senhora".

— Porque sou uma deusa — disse a senhora Gertrudis.

— Uma deusa — disse o jornalista.

— Isso mesmo. Olhe — confiou a senhora Gertrudis mostrando o espaço em redor, com um movimento muito delicado do braço. — Por mim caem todas as folhas do outono. Vejam como elas caem.

O jornalista viu. O pátio do manicômio estava cheio de árvores, e das árvores caíam milhares de folhas secas. Atrás dos muros havia outras árvores e delas também caíam folhas, numa silenciosa, infindável, inundação. O jornalista viu que caíam por toda parte ao mesmo tempo, talvez no mundo inteiro, e se perguntou como faria para dar essa notícia.

Disse:

— Por favor, senhora, baixe o braço.

A senhora Gertrudis, com pesar, baixou o braço. O ar se tornou de novo limpo e puro, e o jornalista ficou contente por não ter que dar uma notícia tão estranha.

(1964)

Esquecimento do chinês

Ninguém ignora que o chinês é uma das línguas mais difíceis de aprender e mais fáceis de esquecer. Um professor da universidade de Pankow constatou que a taxa de esquecimento do chinês é superior ao coeficiente de evaporação da água no deserto de Gobi nos meses de verão.

Estatísticas mais concretas revelam que um chinês adulto esquece a cada dia, por simples desgaste (sem contar sustos, acidentes e expropriações), uma média de quarenta palavras do seu idioma, que deve reaprender, geralmente à noite, se não quiser ver-se empobrecido e até desprovido da linguagem.

Alguns chineses, confiantes na indulgência do futuro, adiam esse problema diariamente e, quando menos esperam, descobrem que já não sabem dizer mamãe nem papai.

Nem sempre são essas as últimas palavras que eles esquecem. Os chineses mais cerimoniosos, educados nas antigas tradições, abdicam de toda possível conversa ao esquecer a frase "*pu kan tang*", que significa "não sou digno" e é usada sobretudo para aceitar uma xícara de chá. Quando se vê um chinês preparando o chá sozinho e no maior silêncio, isso significa que ele deixou para sempre o círculo dos falantes.

A mera desistência verbal, ou conhecimento zero do chinês, não significa o final do processo. Já faz muitos séculos um filósofo formulou — antes de ficar mudo — a interessante proposição de que a perda de memória é inesgotável e se aperfeiçoa com a prática. Inclusive, quando já não resta mais nada para esquecer, as fatais quarenta palavras diárias vão se acumulando numa espécie de "vermelho" idiomático com o simples recurso de serem computadas como saldo lexical negativo.

Há casos extremos de *bons vivants* a fiado que chegam a pendurar as quarenta mil palavras do idioma. Então começam a esquecer também o japonês e todas as línguas que não sabem, até morrerem na mais deplorável indigência verbal, e o poeta mais próximo aproveita para sugerir que adentraram no reino do... como é mesmo o nome?

(1964)

Claro-escuro do sobe-desce

A fala cotidiana é cheia de armadilhas e buracos. O homem rigoroso tem a cada ano mais dificuldade em dizer qualquer coisa sem abrigar a suspeita de que mente ou se engana. Para designar os componentes de um mundo essencialmente ambíguo, não seria o caso de usar um idioma tão ambíguo quanto o mundo, com palavras que, aplicadas a qualquer realidade, afirmassem sobre ela coisas opostas? Essas palavras assumiriam, por exemplo, as formas *belofeio*, *maubom*, *odioamor*, ditas assim, de uma tacada, sem respirar e arcando com as consequências.

Um exame superficial das línguas mais antigas, e até de vestígios que persistem nas modernas, parece sugerir que nos primórdios era assim que se falava. A expressão chinesa *Yuanchin*, que significa "longeperto", foi por muito tempo a única maneira de estabelecer o paradeiro de alguma coisa, excluindo-se a possibilidade, nada desprezível, de afirmar que estava no *Tung-Hsi*, que era como se nomeava conjuntamente o Leste e o Oeste.

A identidade dos opostos resplandecia naqueles tempos inocentes. Qualquer pessoa conhecia o inesgotável sentido da palavra *Ch'angtuan*, que significava "longocurto"; do primoroso adjetivo *Kuei-chien*, que queria dizer "carobarato", e do verbo ou substantivo, delicado como um jade, *Wang-chi*, que declarava a lembrança do esquecimento e o esquecimento da lembrança.

Mais tarde, intervieram os letrados. Observaram que essa maneira de falar e de pensar, embora afim à íntima essência das coisas, levava à estagnação e até à aniquilação da vida, que para conseguir seus fins necessita de afirmações e negações fechadas, ou seja, a metade de qualquer verdade. Como lutar, por exemplo, contra um inimigo que era mau-bom e que, pensando bem, também era um amigo? Como separar o próprio do alheio? Como discutir o preço das coisas? Como medir um privilégio? Assim, armados de grandes tesouras, começaram a cortar todas as velhas palavras em duas e a encher o mundo de mentiras úteis. *Yuan*, passou a significar longe, *chin*, quis dizer perto, e *Yuan-chin* (ah, inimitável astúcia dos letrados) transformou-se em "distância". Recuso-me a enumerar a sangrenta lida de tira-e-põe, de toma-lá-dá-cá, de estica-e-puxa que eles consumaram nas outras palavras.

Em todas as épocas e povos ocorreu algo parecido. Uma terrível sina, um *sino* — desculpem: um terrível destino —, se abateu sobre a memória da ambiguidade original e eterna, sobre as palavras duplas inexoravelmente aniquiladas ou reduzidas a algo diferente e inofensivo. Aí estão, em qualquer língua, seus patéticos restos. *Bitter-sweet*, *va-et-vient*, *chiaroscuro*, *perde-ganha*.

Algumas palavras, porém, resistiram bravamente; não conseguiram cindi-las nem convertê-las em nomes "abstratos", estavam por demais vivas no coração dos homens. Surgiu então o supremo refinamento, a criação de jogos impostores e de objetos inúteis que para sempre distraíram a atenção.

Deu-se a aniquilação pelo desprestígio: um inquisidor decapitou a intuição primordial de que qualquer quantidade é simultaneamente muito, pouco e nada, transformando-a num pueril passatempo em volta de uma margarida. Outro inventou o cantil e o chamou *cantimplora*, para que ninguém se lembrasse de que aquilo que canta chora. Um gramático fabricou a gangorra e a chamou *subibaja*, escamoteando para sempre o fato, antes óbvio, de que tudo o que sobe eternamente desce, e que sobe-desce é a única coisa que se pode dizer de algo que se move.

Revelado — e ocultado — a Ta-Hsigo, que no Ocidente foi chamado Micromegas, nos altibaixos, um és não és tragicômicos, de um sonho acordado.

(1964)

De Divinatione

Os índios canharis tinham bons motivos para odiar o inca Atahualpa. Na guerra civil que estremeceu o Peru pouco antes da chegada de Pizarro, tomaram o partido de Huáscar. Atahualpa os venceu, arrasou suas povoações, passou adultos e crianças no fio da espada.

Quando os navios espanhóis despontaram na costa peruana, um sumo sacerdote dos canharis teve um sonho de indubitável inspiração divina. No sonho, o poderoso inca aparecia vencido, humilhado, finalmente executado, e os canharis herdavam seu poder e sua glória.

Esse sonho selou a aliança entre a rancorosa tribo e os acerados espanhóis. A partir de então os canharis foram vistos na vanguarda das forças da conquista.

Depois que Atahualpa foi sentado no banco do garrote na praça da Cajamarca, e o padre Valverde lhe estendeu o crucifixo e o batizou, e um soldado apertou o torniquete que lhe quebrou o pescoço, houve pranto entre os peruanos e riso entre os canharis. Seus deuses cumpriam o pacto.

Em 1536, dois mil índios canharis encabeçaram o temerário assalto à fortaleza de Sacsayhuamán, que pôs fim ao cerco de Cusco por parte do inca Manco II.

Nem sequer então a ojeriza cessou. Os cusquenhos se recolheram a seu misterioso novo império de Vilcabamba e durante trinta e cinco anos guerrearam contra os espanhóis.

Em cada uma dessas escaramuças, os canharis permaneceram fiéis ao sonho do sacerdote e ao desígnio divino.

Em 1572 o novo império desabou. O último inca, Túpac Amaru, entrou em Cusco acorrentado. A dele foi a última grande execução da conquista. Quatrocentos índios canharis o escoltaram até a Praça Maior onde lhe foi permitido assistir ao esquartejamento de sua esposa.

Depois que o inca foi devidamente confessado e abjurou de suas culpas, sua cabeça foi posta no cepo. No último instante ergueu os olhos para ver seu executor. Era um índio canhari. A espada brilhou, a cabeça rolou, e ali terminou o ódio.

O sacerdote canhari, que tão bem profetizara, morreu convencido das bondades do céu que lhe proporcionara aquele sonho.

Não se sabe bem que motivos impediram o cumprimento da segunda parte da profecia: por que os canharis não herdaram, realmente, o poder e a glória dos incas. É prudente atribuí-lo ao acaso, ou antes à confusão. Quando as guerras terminaram, foi cada vez mais difícil para os conquistadores distinguir um inca de um canhari. Todos aqueles índios eram tão parecidos... Os canharis desfrutaram assim dos benefícios da puna, da *encomienda* e de outras instituições civilizadoras.

Dick Ibarra Grasso, em seu *Lenguas indígenas americanas* [Buenos Aires, Nova, 1958], pergunta-se com certa perplexidade que língua falavam os canharis. Aparenta-os com os peruhas e os iuncas, dos quais também não se sabe nada.

O último canhari morreu no século XVIII. Dizem que antes de morrer teve um sonho, que lhe pareceu de origem divina.

Mas preferiu não contá-lo.

(1964)

As três noites de Isaías Bloom
(2ª versão)

Não havia terremotos nem enchentes. Não havia partidas de futebol nem corridas de cavalos, porque era quarta-feira. Não havia golpes militares. O dólar não disparava nem despencava.

— Que é que eu posso fazer? — explicou-se Suárez. — Eu só mando a história para o jornal, mas são eles que inventam as manchetes. E como não acontece nada, têm que tirar o caldo de qualquer história.

O delegado continuava furioso, e Suárez desatou a rir. Era alto, magro e feito aos tapas. Com seu chapeuzinho jogado para trás e as mãos nos bolsos do casaco, tinha pinta de malandro de cinema.

— Qual o problema? — perguntou.

— Nenhum. Só que logo mais os peritos vão cair matando, e amanhã, o juiz.

Eram oito da manhã. O delegado tinha dado ordem para que nenhum dos pensionistas saísse do seu quarto. Todos saíram. Estavam nos corredores, na escada, na cozinha. O clima era quase de farra.

— Para piorar, esse elemento.

— Quem são, estudantes? — perguntou Suárez.

— Seis ou sete. Uma bisca. Um apontador de *quiniela*[1]

---

[1] Loteria de números semelhante ao jogo do bicho, na qual cada

— interrompeu-se ao notar o tumulto. — Anda, Funes, você tem dois minutos para liberar a porta e a calçada.

Os jornalistas tinham entrado em massa compacta, usando a técnica romana do aríete. Um fotógrafo fuzilava o delegado à discrição.

— Se você bater mais uma, te arrebento a máquina — disse o delegado com sobriedade.

Vieram lhe avisar que a ambulância já estava na porta. Pegou Suárez pelo braço e foram até o quarto do morto. Suárez chegou a escutar perversas hipóteses sobre sua ascendência no delegado, formuladas por seus colegas. Depois puxou pela memória todos os quartos de pensão iguais àquele onde ele tinha morado. Eram muitos. O guarda-roupa, as cadeiras e o par de camas compradas num arremate. Uma mesa com livros de medicina e de química. Um tapetinho verde entre as duas camas, recortes de revistas colados nas paredes.

Até a morte era ordinária naquele quarto. Um sujeito estirado numa das camas, com uma faca de cozinha fincada nas costas.

— Qual o teu nome? — perguntou o delegado para o vulto largado numa cadeira a um canto.

O outro ergueu o rosto. Um rosto jovem, preocupado e sem barbear.

— Já falei. Isaías Bloom.

— Ah, não pensei que ia te achar aqui.

— É o meu quarto.

— Então, o que aconteceu?

— Como o senhor vê, mataram o Olmedo.

— Foi você que o encontrou?

— Sim. Agora há pouco, quando voltei do plantão no hospital.

---

dezena corresponde a uma figura ou situação sonhada. Foi legalizada em 1971, mas persiste até hoje também em sua versão clandestina. (N. dos T.)

— Alguma suspeita?

— Não.

— Então pensa um pouco — disse o delegado.

Entraram os padioleiros, e eles saíram. Foram falar com a puta. Era loira, gorda e jovial. Estava retocando as sobrancelhas, sentada numa grande cama de casal.

— Oi — disse o delegado. — Quer dizer que você está de mal com a gente.

— O senhor acha que isso são horas de tirar a gente da cama?

— Não é isso, digo porque você não nos visitou mais.

Ela deu risada.

— Agora sou uma mulher séria. Vou me casar daqui a alguns meses.

— Faz de conta que eu acredito.

— Vai, diz agora que não me conhece — ouviu-se a voz de Suárez atrás do delegado.

Ela se levantou de um pulo e correu para abraçá-lo.

— Querido! Que é que você está fazendo aqui? Não vai me dizer... — olhou para ele com súbita desconfiança.

— O delegado e eu somos velhos amigos — Suárez se apressou a explicar.

— Por que mataram o fulano? — perguntou o delegado.

— Não dá para entender — disse ela. — Era bom como pão.

— Tem jogo na casa?

— Os rapazes costumam jogar bozó — disse ela.

O delegado deu meia-volta.

— Pelo jeito, você vai voltar a me encher a delegacia de bitucas.

Ela barrou sua passagem.

— O Valentín, talvez. Mas não me queime com ele, delegado.

— Mulheres? Além de você, quero dizer.

— Não quer mesmo acreditar. Eu agora sou direita!

— Pó? — ela virou os olhos. — Papelotes, drogas.

— Ah, não, delegado. Nessas coisas, continuo virgem.

Foram falar com Valentín. Estava preparando uma mala.

— Eis um sujeito otimista — disse o delegado.

O outro sorriu. Era um tipo magro, de rosto bexiguento.

— Assim que tirar o meganha da porta, eu pico a mula. Uia! — exclamou ao ver Suárez. — Que é que você está fazendo aqui?

— Vim fazer uma fezinha.

— *Il morto que parla?*[2] — perguntou Valentín e desatou a rir, até que sentiu o olhar do delegado sobre ele. — Anda, Fuzileiro, fala para ele que eu não tenho nada a ver com isso e que pode me liberar.

— Ele não tem nada a ver com isso. Pode liberar — disse Suárez ao delegado.

— Cadê os boletos das apostas?

Valentín indicou dois ou três cinzeiros cheios de papeizinhos queimados.

— É que me furaram a fila do banheiro — comentou. — Está uma bruta correria hoje.

— Essa é boa — disse o delegado. — Você não sabe como fico feliz de te ver.

O outro fez um gesto ambíguo.

— E estou vendo que você também ficou — prosseguiu o delegado. — Está na cara. Vamos dar um jeito de nos ver mais seguido.

Valentín fechou a porta.

— Jura que não me entrega? — perguntou em voz baixa.

---

[2] Nome de um dos sonhos-padrão vinculados às dezenas da *quiniela*. (N. dos T.)

— Procure pelos lados da Alcira. Mas pegue leve, que ela é minha amiga.

— Sei — comentou o policial. — Estou vendo como vocês são amigos.

Atravessaram a rua para tomar um café. Eram dez horas.

— Parece feio o caso — admitiu Suárez. — O que o senhor sabe do morto?

— Quase nada. Estudante boliviano. Fazia um semestre a cada dois anos. Ontem à noite viram ele voltar bêbado, por volta das quatro da manhã.

Nesse momento avistaram Isaías Bloom postado na porta do café, procurando-os com olhos de menino pidão. Acenaram para que entrasse.

— Estive reconstruindo a situação — explicou enquanto se sentava. — O Olmedo andava assustado. Faz uns quatro dias, ele disse que tinha uma coisa séria para me contar, e que talvez procurasse a polícia; vocês.

— O que era?

— Não quis dizer. Era muito fechado e andava nervoso. Mas por outro lado estavam acontecendo coisas estranhas. No domingo à noite, por exemplo, acho que alguém entrou no quarto. Eu estava dormindo, mas me lembro do sonho. Sonhei com uma floresta e uma mariposa de luz que voava entre as árvores e eu tentava pegar.

— Sei — disse o delegado, batucando os dedos na mesa.

— Aí eu acordei e tive a impressão de escutar um barulhinho metálico. Fiquei olhando o mostrador luminoso do despertador que ficava em cima da mesa. De repente não vi mais, e logo em seguida voltei a ver.

— E o que isso quer dizer?

— Talvez que alguém passou na frente do relógio enquanto eu o olhava.

— Talvez o próprio Olmedo.

— Não, porque logo acendi a luz, e ele estava dormindo. No dia seguinte reclamou de que tinham mexido nas suas coisas.

— Que coisas?

— Papéis, coisas que ele estava escrevendo, não sei. Não liguei muito, porque ele parecia muito nervoso. Mas aí aconteceu uma coisa mais estranha ainda. Eu tive um sonho que se realizou.

— Sei — tornou a dizer o delegado.

— Eu me analiso — explicou Isaías Bloom.

— O senhor o quê?

— Vou a um psicanalista, porque pretendo me especializar nessa área, e anoto todos os meus sonhos.

O delegado desatou a rir.

— A única coisa que eu sonho é que subo e desço escadas.

— Não comente isso com ninguém — aconselhou Isaías Bloom.

— Quer dizer alguma coisa? — perguntou o delegado, irritado.

— Nada de mau. Mas escute: anteontem eu tive um sonho curioso. Estava caminhando por uma rua escura e de repente vi cair uma taça que se quebrou com um som cristalino e desapareceu. No calçamento ficou uma pocinha de água verde, como uma estrela. Aí veio um longo trecho que esqueci, mas depois eu comprava um jornal e lia a manchete: "Desapareceu uma taça que corresponde à nota sol", ou algo parecido.

— Interessante — bocejou o delegado.

— E agora vem o mais estranho. Na manhã seguinte, a taça tinha desaparecido.

O delegado deu um pulo.

— Que taça?

— Uma que o Olmedo deixava em cima do criado-mudo. Uma taça verde, como a do sonho. Ele bebia muita água de noite.

O delegado respirou fundo e fechou os olhos. Quando os abriu, Isaías Bloom estava atravessando a rua.

— Cada doido que me aparece — comentou o delegado.

Foram falar com os estudantes.

No primeiro quarto (os mesmos móveis, o mesmo tapete entre as camas, embora este fosse vermelho) havia dois futuros advogados, baixotes e cordoveses, em mangas de camisa. O delegado os achou insolentes e ávidos por diversão. "Tenho vontade de lhes dar uns bons sopapos", comentou mais tarde. "Mas se você olhar fixo para eles, já o chamam de torturador."

Não tinham visto nada, não tinham ouvido nada e, por conseguinte, não iam dizer nada.

— Um boliviano a menos — foi o único comentário do que falava pelos dois. — Agora falta o outro.

Foram ver o outro. Aqui havia uma única cama, outro tapetinho verde e um índio austero, incompreensível, endomingado.

— Você também não sabe de nada — antecipou o delegado.

— Senhor Velarde — disse o outro.

— Como é que é?

— Que não me chame de você.

— Claro — admitiu o delegado. — Estou falando com um cara importante. Aluga todo esse quartão só para você?

— Vou chamar o cônsul — disse Velarde.

Quando entraram no último quarto, o delegado estava subindo pelas paredes. Neste prevalecia a região do Litoral. Um sujeito de Corrientes e outro de Misiones interromperam seu duo de violão para lhe perguntar como é que andavam as coisas. O delegado tentou em vão fazê-los declarar que odiavam os bolivianos em geral e que uma morte por facada era uma coisa admirável. Suárez, modestamente, contou o quarto tapetinho retangular. Era vermelho. Quando se retiraram, os violões e as vozes nasaladas arremeteram com as estrofes burlescas do "Sargento Z".

Já era uma hora da tarde. Foram almoçar. Enquanto esperavam a macarronada, o rádio do restaurante irradiava uma versão uruguaia do crime. Os repórteres, que tinham se reagrupado na rua, entraram em formação cerrada. Um gordinho sardento abriu fogo.

— Podemos participar da sua entrevista coletiva, delegado?

— Cai fora, moleque.

— Digo que a polícia está desnorteada?

— Diz que está otimista — devolveu o delegado.

— E esse indivíduo — perguntou o sardento apontando para Suárez com o lápis —, participa da investigação ou é um suspeito?

— Está esperando você engraxar seus sapatos — sugeriu Suárez.

— Aham. Você é um gênio.

— Tchau, Belmondo — disse outro repórter.

— Não esquece de me ligar — despediu-se um terceiro — quando precisar de uma mortalha.

Seguiram em fila até o telefone.

— Viu? — queixou-se Suárez, ofendido. — Me pegaram mesmo para cristo. Custava o senhor soltar qualquer notícia?

— O quê, por exemplo?

— Que já esclareceu tudo — disse Suárez.

Isaías Bloom pestanejava sem parar sob o bombardeio de perguntas.

— O senhor sonhou com uma borboleta iluminada. Podia ser uma lanterna?

— Podia.

— Uma lanterna apontando para seus olhos.

— Sim. É uma situação clássica. A pessoa ouve uma porta bater e sonha com uma explosão. Sente cheiro de queimado e sonha com um incêndio.

— Isso aconteceu na noite do domingo — interveio o delegado. — O senhor acordou, viu o mostrador do relógio sumir, acendeu a luz e não havia ninguém.

— Era o assassino que tinha saído — murmurou Isaías.

— Levando uns papéis que o acusavam de alguma coisa — prosseguiu Suárez. — Mas na segunda noite o senhor sonhou que a taça de Olmedo se quebrava, e de manhã a taça tinha sumido. Pode ser que tenha sonhado com isso justamente porque a taça se quebrou e o senhor ouviu o barulho em sonhos?

— Claro que pode ser. Mas não quebrou, porque não estava lá.

— Não estava porque a levaram.

— Quebrada? — disse Isaías Bloom, incrédulo.

— Quebrada, com tapete e tudo. Com o tapete molhado e cheio de cacos de vidro.

— Mas na manhã seguinte o tapete estava lá, e estava seco...

O delegado olhou para Suárez com inquietação.

— Não era o mesmo — disse Suárez. — Em dois quartos não havia tapetes, em outros dois havia tapetes vermelhos, e em outros dois, tapetes verdes. O único que tinha outro tapete verde é o do assassino.

O delegado já corria para o quarto de Velarde, mas lá só achou o sopro de uma fuga que não iria além do aeroporto.

Os peritos tinham enfim chegado e estavam recolhendo com cuidado um tapetinho verde que ainda conservava traços de umidade e, com sorte, de veneno, e algumas lascas de vidro.

— As mãos do assassino tremeram quando ia envenenar a água de Olmedo — explicava agora o delegado para os jornalistas. — Quebrou a taça e se viu obrigado a levar os cacos, para não deixar pistas. Na noite seguinte, optou pela faca. Parece que estava desesperado por causa do que Olmedo iria nos contar, se tivesse tido tempo. Os dois andavam no tráfico de drogas, e Olmedo resolveu abrir a boca. É isso. Os detalhes vocês podem inventar à vontade.

Na saída, encontraram com Isaías Bloom.

— Continua sonhando, garoto — disse o delegado.

(1964)

A máquina do bem e do mal

Vocês não venham me dizer que conheceram o magro Sanabria porque, pelo que me consta, não conheceram, não. O magrão começou comigo, e quando a barra pesou fui eu que escondi ele em casa. Agora que o homem chegou lá, é procurado até no Brasil.

O González aqui lembra da oficininha que eu tinha na rua Gaona. O magrão morava virando a esquina, com a madrinha dele, uma velhota doida que lhe pagava a comida e os livros, que na época ele estava tirando onda de estudante.

Eu sempre perguntava pra ele pra que tanto estudo, e ele falava que não queria saber de ninharia, que os grandes larápios aprendem nos livros. Daí ele tacava ficha na matemática e nas últimas rodadas da bisca já sabia onde é que estavam os trunfos.

Depois até apareceram uns figurões querendo bancar ele em outras jogadas, mas o magrão não topou. Prova de que o cara era mesmo esperto, porque nunca trabalhou pra ninguém.

Dele eu só conheci um defeito, que era ser fraco com as minas. Quando enrabichava com uma dava até medo. Vinha chorar no meu ombro, pô, um cara com aquela pinta, e eu falava Desafasta, magrão, que tá me molhando a farda, e o empurrava longe, porque com essa milonga da tristeza ele sempre te filava uns mangos.

A turma andava na maior pindaíba. Eu logo tirei o pé da lama e entrei na era industrial, como diz o outro, mas naquele tempo a única coisa que eu tinha era as minhas mãos e uma portinha onde consertava bicicletas e pequenos motores. Mas a rapaziada dava um duro danado nas mesas de bilhar.

Pra piorar, o magro vai e gama na grega. Aquela mina era mais rodada que nota de dez. Eu falava pra ele Larga de mão, cara, que ela vai te quebrar, mas ele nem me ouvia. Veio com aquela xaropada de que era uma coisa do espírito, manja só, e que os olhos da grega tinham não sei o que lá, e que até andava fazendo versos pra ela. Na verdade, ele estava é com a pica bem laçada.

Quando ele apareceu com essa novidade, mixou a jogatina, porque o magrão era ponta-firme com a gente até que lhe dava a veneta amorosa, que aí ele te afanava até a dentadura. Ninguém queria saber de bancar a tal da grega, e o magrão cada dia mais desesperado, porque pra sustentar aquela mina só sendo magnata.

Uma tarde estou lá trabalhando quando vejo que ele passa duas vezes na frente da oficina. Já fiquei encafifado, porque ele nunca passava assim duas vezes. Ia logo entrando e abrindo a matraca pisando nas ferramentas, e na primeira bobeada já te surrupiava um alicate.

Quando vi que ele vinha todo sério falei Não tenho um puto, magrão, e apaga esse cigarro, que ainda me explode o sorvente. Mas ele respondeu Tá me estranhando? sem parar de fuçar os motores.

Eram uns motorzinhos velhos que eu comprava por aí. Com o broco de um e as biela de outro, eu montava cada mula com rodas que nem te conto. Não à toa nasci no meio dos ferros. É verdade que virava e mexia eu mudava de ponto, mas é porque o freguês nunca fica satisfeito.

O caso é que o magrão acabava de descobrir o amor pela mecânica nacional e popular. Mexia nos motores, olhava por cima e por baixo, queria botar algum pra funcionar. Sai daí, ô salame, que isso não é pro teu bico. Mas ele falou Acho que não vou encontrar o que eu preciso.

E o que você precisa, diz aí, falei só pra dar trela. Um desses, mas que faça muito barulho. Eu logo cheirei que aí tinha treta, mas como tenho diploma de trouxa pego e ligo pra ele um três cavalos. Era um troço do tempo do Yrigoyen que armava um bruta dum estrondo. Na verdade só fazia isso, porque a todo galope não passava de cem revoluções por minuto, e você parava o troço com um dedo. Só que bastou pro magrão ficar com os olhinhos brilhando, mas ainda tentando bancar o difícil. É bem bonito, falou, mas não tem outro maior e mais pintoso? Vai cagar, magrão. Não, falando sério, me mostra aquele lá. Aí liguei um Villa recém-pintado, mas ele não gostou porque era silencioso. Nessa hora ele vira e fala se eu não podia misturar os dois e fazer um só. Aí já fiquei cabreiro e falo Cai fora, meu chapa, que "taim is mani".

Vocês não sabem o que o magrão fez. Ele me pega pelo braço, com os olhos cheios de lágrimas, e diz que a grega isso e que a grana aquilo e que estou desesperado, vou me jogar embaixo de um trem. Dali a pouco eu já estava chorando com ele e falando Que é que a gente podia fazer. Aí ele sossega e me propõe o negócio.

É uma parada tão estranha que me dá um ataque de riso daqueles, e ele também ri, mas fininho, só esperando eu parar. Mas você não tem vergonha de fazer isso com a velha, magrão, que gosta de você como se fosse um filho? Ele volta a ficar triste e diz Me corta o coração, mas é que preciso da grana por uns dias. Depois eu devolvo, diz. Mas sério mesmo que ela economiza para comprar a tal da Máquina?

Faz vinte e cinco anos, diz o magrão, que ela guarda dinheiro para mandar fazer a Máquina do Bem e do Mal.

Eu sempre digo que o que não falta neste mundo é biruta e analfa, isso sem contar os otários, porque naquela mesma tarde eu já estava desmontando tudo o que tinha na oficina pra montar outra coisa. Não pode parecer com nada, avisou o magrão, e eu respondi Fica frio.

No fundo eu sempre fui um artista. Parem de dar risada, seus bananas, que no fim nem eu sabia mais o que estava fazendo. Era uma espécie de ispiração divina que me pegava e falava bota essa válvula aqui e aquele cubo ali na frente e encurta o virabrequinho. Todo dia eu acordava com novas ideias e de noite nem conseguia dormir de tanto pensar na Máquina.

O que mais me preocupava era esse negócio do bem e do mal, que afinal de contas são duas coisas diferentes, né? Até que lembrei que o fulano que eu tinha mais bronca era o canhoto Requena, e aí achei que o mal tinha que ficar do lado esquerdo, e o bem do direito, onde mais? Aí se você virava a alavanca pra cá, fazia um barulhinho macio, mas se mandava para lá era aquele estrupício.

Agora o magrão vinha todo dia ispecionar a obra. Bota aí um apito, falou, e eu botei um apito do lado do mal pra velha saber que não podia errar a mão. E do lado do bem encaixei uma ventoinha toda florida que quando girava mandava uma brisa perfumada.

O magrão estava doido de contente, mas ainda tinha hora que caía de novo na fossa e me enchia os pacová falando da madrinha, e que porcaria que eu sou, queria mais é estar morto. Até que falei assim Olha, meu chapa, nem conheço a tua madrinha, mas se você quiser eu quebro a Máquina agora mesmo. Ele me segurou todo desesperado. Parou de torrar com a história da madrinha e virou o disco pra falar da grega, e do bracelete que ia comprar pra grega no Escasany, e do corpinho da grega.

Bom, dali a uma semana eu já tinha morrido com cinco paus entre ferros e trampo, mas o artefato estava pronto. Você ficava de quatro vendo aquele troço funcionar. Era alavanca subindo e descendo por tudo que é lado. Na parte do mal istalei um copo de carburador com um vidro que dava pra ver aquilo encher de fumaça preta quando a Máquina aprontava alguma sacanagem. Mas a melhor coisa que essa Máquina fazia era quando você pisava no acelerador e ela começava a se sacudir toda em cima de umas molas que eu coloquei, que parecia um macaco num balanço.

No dia seguinte me baixa o magrão pra dizer que a velha já está me esperando. Qual a minha parte, pergunto. Trinta por cento, responde. Fifti-fifti, retruco. Que roubo, protesta. Você que sabe, aviso. Tá bom, diz. Tá bom, digo.

De noite peço emprestado um caminhãozinho e carrego a Máquina, que nem era tão pesada assim porque tinha mais é lata pintada e um monte de canos. O próprio magrão vem abrir a porta e me olha como quem não me conhece. Pois não?, pergunta. Gostaria de falar com a dona de casa. Qual o assunto? Aí já estou quase mijando nas calças, mas vou na dele, até que manda a gente entrar, a Máquina e eu. Depois ele sobe uma escada compridona, bate numa porta e escuto ele cochichar no escuro. Quando volta, continua sério que nem cachorro em canoa. Pode subir, diz, mas tome cuidado para não riscar a parede.

Nem uma mãozinha.

Antes de encarar a escada dou uma última olhada e vejo que ele está lendo um livro em cima de uma mesa com uma toalha limpinha e um vaso de flores que a madrinha colocou lá pra ele. Sem-vergonha.

Engato ladeira acima carregando a Máquina e a cada degrau parece que vou rolar pra trás. Mas no fim consigo chegar lá no alto, cubro a boca com o cachecol e o coco com o chapéu que eu trouxe de caso pensado, como o magrão me falou, Peter Lor escarrado, e quando dona Rosario sai não digo nada porque já estava amaciada e Quanto menos vocês falarem, melhor. Ela me beijava as mãos de contente com as lágrimas escorrendo no rosto. Quando vi que ainda por cima era parecida com a minha velha, que Deus a tenha, me deu um nó no estômago. Coloquei a Máquina no quarto dela e falei Atenção, senhora, que para a esquerda é o mal, e quando ouvir o apito, pare. Pense na pessoa, mas nunca por mais de cinco segundos, que senão a fulmina, cuidado. Faça o bem, senhora, faça o bem, e mostrei pra ela como é que funcionava. E aí vocês não sabem o que a velha faz: vai e se ajoelha na frente da Máquina, que já balançava feito a macaca do zoológico, e dana a rezar, até que eu viro a alavanca e paro tudo. Aí ela corre pra cama, enfia as mãos embaixo do colchão, conta cinquenta paus e me entrega a grana todinha e começa de novo a me beijar as mãos, e ela tem um rosto tão nobre com aquele cabelo branquinho e sei lá o quê, que aí mesmo quase que entrego os pontos.

O que me salvou foi que justo nessa hora toca a campainha e eu aproveito para sair de fina. Na escada escuto o magrão falando: Pode entrar, dona Carmela, e eu cruzo com essa outra velha de olhinhos pretos e nariz pontudo que parece uma coruja de campanário, e não sei por que bato na madeira e finto a tipa. O magrão dá risada quando vê a minha cara e me conta que as duas velhas se detestam e por isso se visitam, e que dona Carmela é bruxa e pratica o mau-olhado contra sua madrinha. Mas logo fica sério, Passa a grana, e já não faz que não me conhece. Você é um Judas, magrão, isso não se faz, enquanto reparto as notas Uma pra você, uma para mim, mas ele não responde nem tira os olhos dos meus dedos. Enquanto isso as velhas conversam lá em cima.

Quando acaba a partilha, o magrão vai até o aparador e tira uma garrafa de 8 Hermanos, serve duas tacinhas e faz um brinde. Mas no meio do brinde ele destampa a rir e a fazer tchuf-tchuf imitando a Máquina, e eu também dou risada enquanto o magrão serve mais uma tacinha e dessa vez parece que ele engasga e se dobra ao meio, tchuf-tchuf-tchuf.

Nisso escuto as duas velhas se despedindo lá em cima, com muitos abraços e que continue tão bem e tão bonita, nem aparenta a idade. Dona Rosario fecha a porta do quarto, e a Carmela fica um tantinho parada lá na ponta da escala olhando pra gente de longe feito um corvo desconfiado. Tenho que dar um chute no magrão pra ele parar de rir, parece que esse animal tomou um fogo de anis.

Dona Carmela segura firme no corrimão, levanta um gambito pra descer o primeiro degrau e só aí é que eu vejo como ela está caquética. Já vou quase subindo pra lhe dar uma mão, porque desse jeito nunca que ela vai chegar.

Aí escuto a Máquina.

No começo é um barulho macio e me alegra o coração saber que dona Rosario está fazendo o Bem, e até acho que sinto o perfume das flores. Mas de repente o barulho aumenta, e eu que conheço a minha Máquina sei que vem embalada, já anda pelas duas mil rpm e continua acelerando. O forro começa a tremer, cuidado, senhora, pense na pessoa, e de repente já apita, faça o bem senhora, nunca mais de cinco segundos, se passar disso fulmina a pessoa. E não sei por que estou olhando o pé de dona Carmela e vejo que ela escorrega e vem rolando, degrau atrás de degrau, e em cada um vai quebrando uma costela, rápido pro pronto-socorro, e eu dou o pira.

Agora vocês aí me digam se não é de amargar. Ter inventado a Máquina do Bem e do Mal e não lembrar como é que eu fiz. Porque depois disso já perdi a conta dos motores que desmanchei pra porcaria nenhuma, e nunca mais ouvi aquela voz me dizendo essa biela aqui e essa válvula ali na frente. Me digam, seus bananas, se com uma máquina dessas eu não estava cheio da grana, e que necessidade eu tinha de estar aqui falando com vocês.

(1966)

A mulher proibida

Eu achava que o turco era meu amigo, mas o que ele me fez não tem perdão, e o primeiro que me chamar de cagueta eu pego no pátio como fiz com ele. Porque o pátio é grande e no verão, ao meio-dia, com a sujeira pendurada das sacadas mais altas e as calcinhas das mulheres pingando aguinha dos varais, a vontade que dá é de matar um. Por isso, se tem homem pro garoto aqui, que vá falando logo.

O que vocês não sabem é que eu tinha adoração pelo turco. Aquelas mãos do turco, meu Deus, quando empastelava o baralho, aqueles dedos quando tirava os mandracos do copo e enfiava na manga sorrindo pros otários com carinho, porque com ele a sorte era certa, pontual e fidedigna, e não essa porcaria que a gente tem agora.

Até o olhar do turco eu entendia. A sobrancelha esquerda me falava joga pra perder, e eu soltava um quatro quando ele, perdido como num sonho, procurava um nove. A gente era assim, o turco e eu, apesar de ele ser quinze anos mais velho, e foi ele que me falou Pibe, senta contra a parede — como estou agora com vocês —, mesmo que você fique espremido, o importante é não te fuzilarem de banda, porque a única coisa que mata, Pibe, é o olhar.

Já a Delia eu não entendia nem precisava entender, porque aquilo era coisa lá deles, e juro que eu só olhava pra ela de lado para nem ver direito, vocês lembram que linda que ela era, e pra entender aquela mina me bastava o turco, o jeito como mandava nela só com um sinalzinho do dedo dizendo senta aqui, mas não a ponta do dedo e sim o canto, os pelinhos ou sei lá o quê do dedo, e ela ia e sentava, ou então olhava pra ela com cara de bode, de tropeço, de mancada, e ela saía mansinha e alta, tão grande, tão linda e tão alta, que era como ver um navio zarpar, e que cadeiras, irmão.

Mas eu não vim falar da Delia, que não teve nada comigo nem com ninguém aqui, por mais que agora vocês se sorriam querendo achar que alguma vez a pegaram. Porque ela não trabalhava em casa, por mais que na rua fisgasse quatro caras por noite, e por mais que as notas que o turco enfiava entre os dedos quando rolava os dados tivessem passado pelo sutiã de florzinhas que eu e vocês só vimos no varal. Nunca me esqueço do dia que o magro Barreiro, que estava meio de fogo e doido por ela, botou vinte mil mangos na sua mão, e ela falou: Nem que você me desse o Banco Nación, porque na rua ela podia ser uma vadia, mas aqui era uma senhora com marido.

Eu também não reprovo as porradas que dizem que o turco dava nela, nem as queimaduras nos braços e os gritos que vinham do quarto, porque quando uma mina grita a gente nunca sabe se está sofrendo ou está gostando. É verdade que às vezes o escarcéu passava das medidas, mas depois se ouviam outras coisas, e por mais que isso encha o saco, é que nem o barulho das carroças que passam agora na rua, é só você tapar os ouvidos com o travesseiro e pensar em outra história.

No quarto do turco eu nunca entrei, e essas coisas todas aconteciam dentro no quarto, onde cada um é senhor, por mais que as paredes sejam tão finas que até o ar de um suspiro passa pela porta fechada e pelo buraco da fechadura.

Por isso que eu não entendo por que naquele dia ele teve que arrancar a mina em pelo, do jeito que estava, e tocar aos tabefes até o pátio, quebrando no caminho o vaso de faiança de dona Clotilde, se ele sabia que no pátio estávamos todos, lendo o jornal e esperando a hora do almoço. E não entendo por que ainda arrastou ela pelos cabelos, na tua frente Nacho, e do senhor, don Sergio, e de você, Cegonha, nem como todos vocês conseguiram ficar quietos e continuar lendo o jornal ou limpando as unhas, até que ele largou do cabelo dela e começou a cobrir de chutes, e ela gritava e todo mundo viu por baixo da camisola o que ninguém tinha visto antes, nem como não lhes caiu a cara de vergonha, como foi comigo.

E eu mesmo nem sei por que tive que me levantar, botar a mão no ombro dele e dizer, já chega turco, e se ele tivesse me ouvido um tiquinho, todo mundo hoje estaria mais contente.

Não nego que ela possa ter aprontado alguma, não sei se ficou com a grana de uma noite ou gostou de um freguês. Mas o problema, Nacho, o problema é que lá no pátio, embaixo daquele sol de rachar, era como se ele estivesse descendo o sarrafo em todo mundo, e cada chute nas costelas da Delia eu sentia como se fosse em mim. E foi aí que errei a mão, quando o empurrei e ele ficou contra a parede me observando como se não pudesse acreditar em tanta ingratidão.

E eu queria falar pra ele, com a sobrancelha e com a boca, como quem sopra o ás de espadas, o sete belo, olha turco que eu não tenho nada contra você, olha que você está me moendo a pontapés, e se quiser me bate agora, mas a única coisa que eu falei foi vem, caralho, e ele ficou branco e gago.

É isso que eu não perdoo.

O resto vocês já sabem, o jeito como aquela mina se levantou, fresquinha como uma rosa, e a única vez na vida que ela chegou perto de mim e senti seu hálito foi quando me disse o que você tem que se meter, e enfiou a mão no meio das pernas e falou se você quer isso aqui vai ter que mudar de pensão, e aí vocês deram risada enquanto ela levava o turco pro quarto onde voltaram a se escutar na modorra da tarde os gemidos e suspiros que agora pareciam gozar da minha cara.

Aí vesti o paletó e saí.

— Olha só — falou o tira mais velho quando viu a foto do turco e da Delia, que eu sempre levava no bolso. — A gente procurando o tipo em Mataderos, e ele estava aqui do lado.

— Grande turco — respondeu o mais moço, e riu como se falasse de um amigo. — E você? Está esperando o quê? — perguntou depois, me medindo. — Hoje não é dia de pagamento.

Zanzei pelo terceiro andar da delegacia olhando as palmeiras do pátio meio com vontade de me jogar. Já nem me lembro a hora que saí na rua, e só quando cheguei na esquina da Venezuela danei a correr. Subi a escada aos saltos até o quarto do turco e meti o pé na porta. Os dois estavam pelados na cama, e ela lambendo o turco que nem uma gata.

— Raspem que a cana vem aí — gritei, e não arredei pé enquanto eles se vestiam na fula e esvaziavam as gavetas e o turco amontoava as camisas de seda numa cadeira.

— Pibe, me empresta uma mala.

Fui até o meu quarto e já da janela chamei um táxi. Depois levei pra eles a única mala que eu tinha. Em dois minutos enfiaram tudo dentro.

O turco estava branco e saiu arrastando a mala sem me dizer nada. Mas ela parou um instante com as mãos na cintura e ficou me olhando. De repente senti na cara os cinco dedos daquela mão, e dela aguentei, sim, que me falasse o que vocês têm aí na ponta da língua.

(1967)

APÊNDICE

A cólera de um plebeu

(autor chinês anônimo)

O rei do T'sin mandou dizer ao príncipe do Ngan-ling: "Em troca de tua terra quero dar-te outras dez vezes maiores. Peço que acates minha demanda". O príncipe respondeu: "Faz-me o rei uma grande honra e uma oferta vantajosa. Mas recebi minha terra de meus antepassados príncipes, e desejaria conservá-la até o fim. Não posso consentir nessa troca".

O rei se zangou muito, e o príncipe mandou T'ang Tsu em embaixada. O rei disse ao embaixador: "O príncipe não quis trocar sua terra por outras dez vezes maiores. Se teu senhor ainda conserva seu pequeno feudo, quando já arrasei grandes países, é porque até agora o considerei um homem venerável e não me ocupei dele. Mas se ele agora recusa sua própria conveniência, realmente está zombando de mim".

T'ang Tsu respondeu: "Não é isso. O príncipe quer conservar a herdade de seus avós. Ainda que lhe oferecêsseis um território vinte vezes maior, ele igualmente o recusaria".

O rei se enfureceu e disse a T'ang Tsu: "Sabes o que é a cólera de um rei?". "Não", respondeu T'ang Tsu. "São milhões de cadáveres e o sangue correndo como um rio em mil léguas à roda", disse o rei. T'ang Tsu então perguntou: "Sabe Vossa Majestade o que é a cólera de um simples plebeu?". Disse o rei: "É perder as insígnias de sua dignidade e partir descalço golpeando o chão com a cabeça". "Não", respondeu T'ang Tsu, "essa é a cólera de um homem ordinário, não a de um homem de valor. Quando um homem de valor se vê obrigado a encolerizar-se, como cadáveres aqui não há mais que dois, o sangue corre apenas a cinco passos. E, no entanto, a China inteira se veste de luto. Hoje chegou esse dia".

E se levantou, desembainhando a espada.

O rei turbou-se, saudou humildemente e disse: "Mestre, volta a sentar-te. Para que chegar a isso? Já compreendi".

(1964)

A *Crônica dos Reinos Combatentes* é uma recopilação de relatos históricos de autores independentes que se referem à época compreendida entre os anos 481 e 221 a.C., quando a China não era uma unidade política, mas um conjunto de reinos que guerreavam entre si.

Certamente há contos mais importantes do que este. Eu o escolhi, primeiro, porque tenho um preconceito a favor da literatura breve. Por uma questão de rendimento: a proporção entre aquilo que se expressa e o material necessário para expressá-lo. Meu segundo motivo é um preconceito a favor da literatura útil. "A cólera de um plebeu" expõe de modo perfeito as relações entre o poder arbitrário e o indivíduo; entre esse poder e a soma de indivíduos que formam um povo. Expõe o início e a solução do conflito. No Vietnã especialmente, mas também em partes do mundo cada vez mais próximas, simples plebeus se viram "obrigados a encolerizar-se" como T'ang Tsu e a se proporem como cadáveres antes que como homens medíocres. A retórica do poder arbitrário não mudou muito em vinte e cinco séculos. O rei de T'sin podia falar em rios de sangue e milhões de mortos. Em 1967, nuvens de B-29 e chuvas de napalm exercitam diariamente esse tipo de pensamento. É terrível, sem dúvida. Mas no campo das decisões individuais, o epigrama de T'ang Tsu continua a brilhar com uma luz compulsiva: "Cadáveres aqui não há mais que dois".

(1967)[1]

[1] Rodolfo Walsh extraiu e traduziu este texto da *Anthologie raisonnée de la littérature chinoise*, de Georges Margouliès (Paris, Payot, 1948). (N. dos T.)

A fuga

I

— Mesmo que fosse só pelo senhor — disse o juiz —, lamento que tenham acabado com a pena de morte.

O juiz Olivia era um homem de olhar bondoso, que apontava sem descanso um Faber nº 2, soprando as aparas e empilhando o pó de grafite em pequenas cordilheiras.

Essa frase que Arias não esquece, mas que talvez venha polindo ao longo dos anos até dar-lhe uma lisura de seixo que ela não tinha, situa o começo de sua história lá por 1932, quem sabe 1933.

— Matar a própria mãe — disse, e enumerando as circunstâncias em que a matou: — o que ela representava para o senhor e até para qualquer pessoa, o que significa matar a própria mãe.

Consumiu um terço do lápis, sem deixar de olhar para ele de lado.

Arias repetiu, sem maiores esperanças, a história que no início contava aos gritos: que sua mãe era pobre, infeliz, que sofria permanentemente com seus maus pensamentos, e que ele não podia fazer por ela outra coisa senão aliviá-la da vida.

— Com uma paulada?

— A paulada — tornou a dizer — foi uma inspiração do momento.

O juiz largou por um instante a gilete, o lápis escorregou de seus dedos, e nesse pequeno gesto advertiu sua enorme desesperança.

— A escória da terra — cantarolou tristemente —, o salitre das vinhas, o limo do lago, a bicheira da carne, a podridão da semente. Que pena lhe bastaria, meu filho?

Depois tornou a afiar a ponta do Faber, um grafite longuíssimo, talvez microscópico em seu ápice.

— Nenhuma — confessou Arias.

Então o juiz, com o coto de lápis que restava, num papel qualquer, fez a soma: 214 anos.

(Nessa cifra Arias percebeu pela primeira vez a impressão que causava nos outros.)

II

— Atrás do primeiro muro — disse o diretor —, há um fosso profundo. A água nunca é renovada, é possível que dentro haja coisas vivas. Digo possível porque faz alguns meses um guarda mergulhou a mão sem querer, e quando a tirou, faltava-lhe um dedo. Depois do fosso há um sistema de alambrados, e mais adiante outro muro. Cerca de quinze anos atrás, um recluso chegou até aí, antes de ser descoberto pelos cachorros. O muro tem agora um refletor a cada quinze metros, uma metralhadora a cada cinquenta. Não há hora fixa para a troca da guarda. Além desse muro não há nada, quer dizer, há um talude gramado e florido, que é lindo visto de fora. Quer consultar a planta?

— Não penso fugir — respondeu Arias.

— Engano seu — disse o funcionário. — É natural que tente fugir, mas também é impossível. Para ser bem franco, preferimos os presos que pensam na fuga, são os mais tranquilos, os que trabalham melhor e nunca participam de um motim. Chegamos a estimular algumas tentativas, até certo ponto.

— Até onde?

— Nesse momento — pousou um dedo na planta —, sete presos do pavilhão estão cavando um túnel. Estão há quatro meses nisso. O túnel — deslizou o dedo — já chega até aqui. Vamos pará-lo — outro movimento do dedo — aqui.

— E se eu contar pra eles? — perguntou Arias.

O diretor arqueou uma sobrancelha.

— Não faz diferença. Nenhum deles acredita realmente que eu não saiba. Precisam de um motivo para viver, entende?

III

Arias tentou enlouquecer. Jejuou por dias inteiros, resistiu ao sono, ensaiou longas risadas sem objetivo, impôs a seu rosto sustentadas caretas de idiota. Quando esses expedientes fracassaram, fez uma lista mental das coisas que ainda tinham importância para ele. Eram poucas: a Virgem de Luján, a bandeira nacional, uma vizinha do bairro, o Racing. Lentamente começou a demolir uma por uma: o Botasso que aparecia saltando de verde no recorte do *Crítica* era vazado a torto e a direito, estouravam seu travessão, furavam sua rede; era goleado de calcanhar, de bicicleta, de peixinho. Cherro o cabeceava, Bernabé o demolia com uma bomba. Furavam o "Cortina Metálica"! Às vezes Arias gritava "Não, não!", mas era inútil, um drible triunfal já cruzava a linha de cal, e o invasor estufava o peito e olhava para o goleiro com desprezo, como quem diz "Sai da frente". A Virgem, que era também a vizinha inacessível, gemia como uma qualquer nos braços do cantor do bairro, e assim todos os respeitos desabavam em cacos azuis e brancos.

Conseguiu um espelho. Passava horas e horas se olhando até se hipnotizar, seus olhos se perdiam em seus olhos, um mar cinza em outro mar de névoa e de esperança, pegava a si mesmo pelas orelhas e mergulhava a cabeça, até que os dois voltavam à tona, sem fôlego.

[...]

(1965)

Nota do organizador

Sérgio Molina

Com este livro, conclui-se a edição em língua portuguesa da prosa ficcional de Rodolfo Walsh (1927-1977). O conjunto foi dividido em três volumes, atentando aos critérios editoriais do próprio autor e à afinidade temática e estilística dos textos, com a prioridade de não fragmentar as séries narrativas.

O primeiro volume, *Essa mulher e outros contos* (2010), traz o *corpus* classificado como "literário", composto dos dez relatos que integram *Los oficios terrestres* (1965) e *Un kilo de oro* (1967), mais o conto "Um sombrio dia de justiça" (1967), editado em livro em 1973 por Ricardo Piglia, junto com uma entrevista de Walsh, também incorporada à nossa seleção. *Essa mulher*... abrange, assim, toda a série dos meninos irlandeses, além do importantíssimo díptico formado por "Fotos" e "Cartas".

Em *Variações em vermelho e outros casos de Daniel Hernández* (2011), reunimos as três novelas policiais de *Variaciones en rojo* (1953) e duas narrativas publicadas em revistas — "A sombra de um pássaro" (1954) e "Três portugueses embaixo de um guarda-chuva" (1955) —, que completam a série protagonizada por Daniel Hernández e o delegado Jiménez. Acrescentamos ainda um breve ensaio de Walsh sobre a história do gênero, intitulado "Dois mil e quinhentos anos de literatura policial".

Neste *A máquina do bem e do mal e outros contos*, acolhemos um conjunto de textos que o autor não publicou em volume, mas em revistas ou antologias temáticas, e só muito mais tarde seriam incluídos em compilações póstumas. Abrange todo o período da produção ficcional de Walsh, entre 1950 e 1967, e apresenta uma grande variedade de estilos e temas. Apesar da sua heterogeneidade, porém, os contos aqui reunidos correspondem a três épocas bem marcadas, que nortearam a organização do volume.

"Primeiros contos" traz os relatos publicados entre 1950 e 1954, um período de amadurecimento pontuado por incursões no fantástico-especulativo, à sombra de Jorge Luis Borges, e algumas poderosas irrupções daquela que seria a voz mais singular de Walsh, como em "Os caçadores de lontras" e "Conto para jogadores". Um dos textos dessa seção, "Quiromancia", integrado à série borgiana, tem uma história editorial singular, com tintas também borgianas: foi originalmente ditado pelo autor, no início dos anos 1950, para o editor e poeta cego Pedro Rosell Vera, que o transcreveu para o Braille a fim de doá-lo à biblioteca do Instituto de Cegos de La Plata. A edição em Braille se perdeu, mas em 2012 um grande amigo e colaborador de Walsh, Donald Yates, resgatou de seus arquivos uma cópia manuscrita do conto que aquele lhe enviara, para que o vertesse ao inglês, e a trouxe a público por intermédio de outro amigo comum, o professor e escritor Juan José Delaney. Assim, em 2013, o texto pôde ser finalmente publicado, dentro dos *Cuentos completos* organizados por Ricardo Piglia — edição que serviu de referência para boa parte deste volume.

Na segunda parte reunimos os sete contos que formam a série do delegado Laurenzi, publicados entre 1956 e 1964, paralelamente à saga investigativa de *Operação Massacre*. Quase todos têm como cenário de narração, justamente, o mesmo bar-café onde Walsh, em 1956, ouviu a frase detonadora de sua investigação sobre a chacina de José León Suárez. Mas a importância do conjunto vai muito além dessa coincidência. Nele Walsh trabalha um estilo muito específico e dialoga com certa tradição do conto policial argentino, ampliando seu empenho em nacionalizar o gênero ao introduzir, dentro de uma estrutura simples, recorrentes indagações sobre a relação problemática entre verdade, lei e justiça.

A seção "Contos finais" abrange a produção de 1964 a 1967, com uma série de breves textos humorísticos e três elaboradas criações da maturidade: a segunda versão de "As três noites de Isaías Bloom", que mostra bem a distância tomada daquela "história notória mal contada", como o próprio Walsh qualificou sua primeira versão, e os potentes "A máquina do bem e do mal" e "A mulher proibida", dois instantâneos da marginália portenha que concentram toda uma cosmovisão — um pela lente do humor, o outro, pela da violência.

No Apêndice, anexamos a tradução indireta de um apólogo chinês que, embora não mais seja considerada fictícia, como chegou a ser, foi incorporada à produção de Walsh mediante seu comentário ressignificante (ver prefácio, p. 13). Encerramos com um conto inacabado, resgatado dos papéis pessoais do autor, cuja força narrativa é maximizada pela própria interrupção.

A seguir, as informações bibliográficas, que só foi possível apurar graças ao apoio de Alessandra Carneiro, Daniel Divisky, Ricardo Piglia e Viviana Paletta, a quem agradeço imensamente:

"Rodolfo Walsh": perfil autobiográfico publicado como apresentação do conto "La máquina del bien y del mal", em Pirí Lugones (org.), *Los diez mandamientos*; Buenos Aires, Jorge Álvarez, 1966. Edição de referência: Ricardo Piglia (org.), *Cuentos completos*; Buenos Aires, De la Flor, 2013.

Primeiros contos

"Las tres noches de Isaías Bloom": *Vea y Lea*, 97, 17/8/1950, assinado "Simbad". Segunda menção no Gran Certamen de Cuentos Policiales *Vea y Lea*/Emecé. Edição de referência: Viviana Paletta (org.), *Cuentos completos*; Madri, Veintisiete Letras, 2010.

"Los nutrieros": *Leoplán*, 408, 20/6/1951. Edição de referência: Paletta, *op. cit.*

"Los ojos del traidor": *Vea y Lea*, 135, 20/3/1952. Edição de referência: Paletta, *op. cit.*

"El viaje circular": *Vea y Lea*, 153, 18/12/1952. Edição de referência: Paletta, *op. cit.*

"Quiromancia": manuscrito datado em 4/5/1953. Edição de referência: Piglia, *op. cit.*

"El santo": *Fénix*, 1, 1953. Edição de referência: Paletta, *op. cit.*

"El ajedrez y los dioses": *Fénix*, 1, 1953. Edição de referência: Paletta, *op. cit.*

"La muerte de los pájaros": *Veinte cuentos infantiles ilustrados por niños*; Buenos Aires, Kraft, 1954. Edição de referência: Paletta, *op. cit.*

"Cuento para tahúres": Rodolfo Walsh (org.), *Diez cuentos policiales argentinos*; Buenos Aires, Hachette, 1953. Edição de referência: Piglia, *op. cit.*

Os casos do delegado Laurenzi

"Simbiosis": *Vea y Lea*, 249, 15/11/1956, assinado "Daniel Hernández". Edição de referência: Piglia, *op. cit.*

"La trampa": *Vea y Lea*, 269, 3/10/1957, assinado "Daniel Hernández". Edição de referência: Piglia, *op. cit.*

"Zugzwang": *Vea y Lea*, 274, 12/12/1957, assinado "Daniel Hernández". Edição de referência: Piglia, *op. cit.*

"Los dos montones de tierra": *Vea y Lea*, 363, 25/5/1961, assinado "Daniel Hernández". Edição de referência: Piglia, *op. cit.*

"Transposición de jugadas": *Vea y Lea*, 371, 14/9/1961, assinado "N. Klimm". Terceiro prêmio do Segundo Gran Concurso de Cuentos Policiales *Vea y Lea*. Edição de referência: Piglia, *op. cit.*

"Cosa juzgada": *Vea y Lea*, 386, 12/4/1962, assinado "N. Klimm". Quinta menção no Segundo Gran Concurso de Cuentos Policiales *Vea y Lea*. Edição de referência: Piglia, *op. cit.*

"En defensa propia": Adolfo Pérez Zelaschi *et alii*, *Tiempo de puñales*; Buenos Aires, Seijas y Goyanarte, 1964. Edição de referência: Piglia, *op. cit.*

CONTOS FINAIS

"La noticia": "Gregorio", suplemento de humor de *Leoplán*, 707, 5/2/1964. Edição de referência: Daniel Link (org.), *Ese hombre y otros papeles personales*; Buenos Aires, De la Flor, 2007.

"Olvidanza del chino": "Gregorio", *Leoplán*, 707, 5/2/1964. Edição de referência: Link, *op. cit.*

"Claroscuro del subibaja": "Gregorio", *Leoplán*, 713, 6/5/1964. Edição de referência: Link, *op. cit.*

"De Divinatione": "Gregorio", *Leoplán*, 728, 16/12/1964. Edição de referência: Link, *op. cit.*

"Las tres noches de Isaías Bloom" (2ª versão): Adolfo Pérez Zelaschi *et alii*, *op. cit.* Edição de referência: Piglia, *op. cit.*

"La máquina del bien y del mal": Pirí Lugones (org.), *Los diez mandamientos*; Buenos Aires, Jorge Álvarez, 1966. Edição de referência: Piglia, *op. cit.*

"La mujer prohibida": Horacio Achával (org.), *Buenos Aires de la fundación a la angustia*; Buenos Aires, De la Flor, 1967. Edição de referência: Piglia, *op. cit.*

APÊNDICE

"La cólera de un particular": "Gregorio", *Leoplán*, 715, 3/6/1964. A nota explicativa foi incluída na compilação *El libro de los autores* (Pirí Lugones [org.]; Buenos Aires, De la Flor, 1967). Edição de referência: Link, *op. cit.*

"La fuga" (inacabado): manuscrito datado em março de 1965, arquivo pessoal do autor. Edição de referência: Link, *op. cit.*

Sobre o autor

Rodolfo Jorge Walsh nasceu em 25 de janeiro de 1927 em Pueblo Nuevo de la Colonia de Choele-Choel (atual Lamarque), na província patagônica de Río Negro. Era o terceiro dos cinco filhos de Dora Gil e Miguel Esteban Walsh, ambos de ascendência irlandesa. Seu pai foi encarregado de fazenda até 1932, quando arrendou uma pequena propriedade no sul da província de Buenos Aires, perto da localidade de Benito Suárez, onde Rodolfo aprendeu as primeiras letras numa escola de freiras italianas. Em 1936, no auge da crise econômica da Década Infame (1930-1943), a família perdeu tudo e se dispersou. Rodolfo viveu dos dez aos treze anos em dois internatos católicos irlandeses para órfãos e pobres — experiência que décadas depois serviria de ponto de partida para seus "contos de irlandeses".

Em 1941, interrompeu os estudos no último ano do secundário e instalou-se com um dos irmãos numa pensão em Buenos Aires. Passou então a trabalhar para o próprio sustento, desempenhando atividades como lavador de pratos e limpador de janelas. Com cerca de dezessete anos, foi contratado pela editora Hachette, primeiro como revisor e, a partir de 1946, como tradutor do inglês. A colaboração com essa editora durou mais de dez anos, período no qual verteu sobretudo romances policiais, de autores como Ellery Queen, Raymond Chandler, Victor Canning, Evelyn Piper (Merriam Modell) e William Irish (Cornell Woolrich). Posteriormente, ambos os ofícios inspirariam suas ficções: a série de contos policiais inaugurada com "A aventura das provas de prelo" (1953), protagonizada pelo revisor-detetive Daniel Hernández, e "Nota de rodapé" (1967), conto centrado na figura de um tradutor suicida.

O ano de 1945 marca a primeira aproximação de Walsh com uma organização política, a recém-fundada Alianza Libertadora Nacionalista, grupo da direita católica com o qual romperá em 1947. Mais tarde, Walsh se referirá ironicamente à ALN como "a melhor criação do nazismo na Argentina" e justificará essa filiação afirmando que "aos dezoito anos eu não estava em condições de interpretar o que vivia. Para mim era um tempo de arrumar briga na rua". Em 1950, Walsh se casa com a professora María Elina Tejerina, que conhecera na Biblioteca Nacional, sendo ela ainda normalista. O casal logo se muda para a cidade de La Plata, onde Elina assume a direção de uma escola para cegos. No mesmo ano, nasce sua primeira filha, María Victoria (Vicky), e em 1952, a segunda, Patricia.

Com a mudança de cidade, encerra-se o contrato de Walsh com a Hachette, mas ele ainda trabalhará para a editora como tradutor e organizador de antologias e coleções. Dessa colaboração resultaram dois livros importantes na história editorial argentina: *Diez cuentos policiales argentinos* (1953), primeira coletânea do gênero no país, e a *Antología del cuento extraño* (1956), dedicada ao gênero fantástico.

Ainda em 1950, Walsh faz sua estreia literária, com o conto "As três noites de Isaías Bloom", premiado com uma menção honrosa no concurso da revista *Vea y Lea*, que contava entre os jurados com os escritores Adolfo Bioy Casares e Jorge Luis Borges. Nesse ano, ingressa no curso de Licenciatura em Filosofia e Letras na Universidade Nacional de La Plata. Embora não complete a graduação, durante sua incursão universitária integra-se ao grupo literário Fénix, que congregava estudantes de diversas áreas, em sua maioria militantes socialistas e radicais, e professores expulsos pelo governo de Perón. O Fénix promoveu palestras de intelectuais notoriamente opositores ao regime, incluindo J. L. Borges, e entre 1953 e 1954 editou uma revista marginal homônima. A *Fénix* durou apenas dois números, mas proporcionou a Walsh um espaço de publicação de textos próprios, entre os quais se destacam os contos "O santo" e "O xadrez e os deuses", ambos de feição fantástica e evidente inspiração borgiana.

Logo depois dessa estreia *underground*, Walsh passa a publicar profissionalmente e com regularidade em duas revistas de "entretenimento cultural": a mesma *Vea y Lea* que o premiara, e *Leoplán*, ambas de altas tiragens e grande penetração nas camadas médias. O ano de 1956 marca uma reviravolta na vida do escritor: ao tomar conhecimento da existência de sobreviventes de uma chacina de opositores perpetrada por forças do exército no ano anterior, ele mergulha numa grande investigação jornalística que desvendará a face mais macabra da ditadura do general Aramburu. A reportagem é publicada de forma seriada ao longo de 1957, primeiro no semanário *Revolución Nacional* e em seguida na revista *Mayoría*. Editada em livro poucos meses depois, sua repercussão foi crescendo a cada reedição, até tornar-se um clássico mundial do romance de não ficção. Por sugestão do editor de *Mayoría*, Walsh logo se entregou a uma nova pesquisa, desta vez sobre o assassinato do advogado Marcos Satanowsky, lançando luz sobre as atividades clandestinas da Secretaria de Informação do Estado (SIDE) e sua conexão com os grandes jornais.

Em 1959, viaja a Cuba, onde participa da consolidação da agência Prensa Latina, como Chefe de Operações Especiais. Tendo permanecido por cerca de dois anos em Havana, Walsh é lembrado por seus companheiros da agência, entre eles Gabriel García Márquez, não apenas por seu personalíssimo estilo jornalístico-literário, mas por ter decifrado uma mensagem que permitiu descobrir os preparativos da invasão da Baía dos Porcos.

De volta a Buenos Aires, Walsh retoma com grande ímpeto sua atividade literária, à qual se soma agora a escrita dramatúrgica. Entre 1964 e 1967, publica suas principais criações: as peças *La batalla* (1964) e *La granada* (1965), e os livros de contos *Los oficios terrestres* (1965) e *Un kilo de oro* (1967). Ao mesmo tempo, publica em revistas uma série de textos híbridos entre a narrativa ficcional e a reportagem jornalística. Diante do grande sucesso dos seus livros de contos, seu editor, Jorge Álvarez, contrata-o para escrever um romance, mediante um adiantamento pago mês a mês. O romance, porém, nunca foi terminado, embora os diários e entrevistas do escritor registrem sua permanente vontade e preocupação de retomá-lo.

Walsh vive nesse período uma entrega crescente à militância política, primeiro junto à central sindical CGTA, em seguida nas Fuerzas Armadas Peronistas e, a partir de 1973, no movimento Montoneros, organização da esquerda revolucionária peronista na qual chegou a ocupar uma posição de liderança. Em 1968, ainda publicou um último romance-reportagem, *¿Quién mató a Rosendo?*, investigação sobre um confronto mortal entre facções sindicais, ocorrida em 1966, e as manipulações policiais e judiciárias para acobertar os responsáveis pela matança.

A partir de 1969, a atividade de Walsh como jornalista e escritor se cola totalmente à militância política, deixando pouco espaço para o cultivo de sua face mais "literária". Em 1974, com a passagem dos Montoneros à clandestinidade e a opção pela guerrilha foquista, começa a se afastar da sua direção. Após o golpe militar de 1976, diante da forte censura, cria e coordena duas importantes redes de informação alternativas: a Agencia de Noticias Clandestina (ANCLA) e a Red Informativa, que alimentava com textos de denúncia de sua própria autoria. No final desse ano, sua filha mais velha, Vicky, também militante montonera, é assassinada num confronto com o exército. Em março de 1977, no dia em que a ditadura completava seu primeiro aniversário, Walsh escreveu uma contundente carta denunciando a escabrosa extensão dos seus crimes. Em 25 de março, pouco depois de postar a carta, caiu numa emboscada preparada por um comando da Escuela Superior de Mecánica de la Armada (ESMA) e foi metralhado. Seu corpo nunca apareceu, engrossando a lista de desaparecidos do regime.

Hoje Rodolfo Walsh é reconhecido como exemplo do intelectual inconformista, entregue à luta política e sujeito às vicissitudes que ela implica. Mas também, e cada vez mais, como um grande escritor, cujas obras continuam a inspirar a literatura argentina e a mundial.

Sobre os tradutores

Sérgio Molina nasceu em Buenos Aires em 1964 e mudou-se para o Brasil aos dez anos de idade. Estudou Ciências Sociais, Letras, Editoração e Jornalismo na USP. Começou a traduzir do espanhol em 1986 e verteu para o português mais de sessenta livros, de autores como Alejo Carpentier, Jorge Luis Borges, Ricardo Piglia, Roberto Arlt, Mario Vargas Llosa, Tomás Eloy Martínez, Ernesto Sabato, César Aira e Javier Cercas. Sua tradução para a primeira parte de *D. Quixote* foi premiada na 46º edição do Prêmio Jabuti (2004).

Rubia Prates Goldoni é doutora em Letras pela USP e tradutora, com cerca de quarenta títulos publicados. Foi professora de Literatura Espanhola e de Prática de Tradução na Unesp. Entre os autores que traduziu estão Federico García Lorca, Ricardo Piglia, Mario Benedetti, Jules Verne e Carmen Laforet. Em 2009, recebeu o Prêmio FNLJ Monteiro Lobato de Melhor Tradução Jovem, por *Kafka e a boneca viajante*, de Jordi Sierra i Fabra.

Este livro foi composto em Sabon, pela Bracher & Malta, com CTP e impressão da Bartira Gráfica e Editora em papel Pólen Soft 80 g/m² da Cia. Suzano de Papel e Celulose para a Editora 34, em novembro de 2013.